KB234861

지는 꽃도 아름답다

일흔 살 문영이 할머니의 글쓰기

지는 꽃도 아름답다

문영이 글

달팽이

머리말

동생과 붓글씨를 구경하고 있었다. 동생이 전단지 한 장을 집어 들며,

"언니, 무료 문학강의네. 언니는 좋아할 텐데, 내일 모레야. 읽어 봐."

하며 입 벌린 내 손가방에 넣어 줬다. 그날 나는 열일곱 볼 붉은 소녀로 그 문학강의 자리에 앉아 있었다. 그리고 그날 밤 내내 나는 잠을 이룰 수가 없었다. 낮 강의에 깊이 빠지던 설렘이 가라앉지 않아서였다.

아이들이 떠난 자리에 텃밭 하나를 들여놓고, 똑같은 흙에서 하얀, 빨강, 노랑꽃을 피우는 것도, 시고 달고 매운 맛이 나오는 것도, 모양새가 다 다른 나무새가 제 질서를 찾아 한눈팔지 않는 순리에 흠뻑 젖으며, 나는 스스로 농사꾼이라 생각하고, 더위도 마다하지 않으며 큰 복을 누린다고 생각하지 않았던가?

그 뒤로는 틈틈이 빠져나가 그런 자리를 찾았다. 날이 갈수록 책을 멀리한 세월이 내 맘에 그늘을 드리웠다. 작은 이야기 한 꼭지씩 써보다가 내가 살림을 하는 동안 "어머니!"를 부르고

여쭙고 싶었을 때가 얼마나 많았던가? 끝내 내 것이 못된, "어머니 집장은 어떻게 담가요? 녹두누룩은 어떻게 딛어요?" 하는 말은 아직도 간직한 채가 아닌가? 집안일이란 것이 나이가 들어야 찾고 싶은 것이어서, 나와 인연이 닿은 아들딸들이 "어머니" 하고 부를 때 내가 그 자리에 있어줘야겠다는 마음이 들었다.

〈딸에게〉라는 제목으로 시를 쓴 적이 있다.

도마위에서 칼은
15도 각으로 뉘는 이치
너는 아는가
잘린 것이 억울해서
칼등 되넘을까 보아

두루마기 간수할 때
신문종이 돌돌말아 방망이 만들고
낯수건 한 장 덧씌워
접힌 굽이굽이에 끼워 놓는 이치
너는 아는가
언제 털어 입어도
좀슬지 않고
굽인 자욱 안생기는 삶의 이치
시가 아니고 설명이 아닌

허용의 이치

너는 아는가

처음엔 이런 식으로 살림이야기를 쓰려고 했다. 그런데 "시보다는 산문이 오히려 내 생각을 전달하는데 좋겠다"는 의견이 있어 한 꼭지씩 차근차근 써내려갔다.

그러든 차에 "들온말이 섞이는 것보다 더 큰 걱정은 우리 글 기본 틀이 무너지는 것이다. 들온말이 섞이는 것은 쉽게 눈에 띄는 것이라, 없앨 수도 있고 또 우리 말로 자리 잡아도 되지만, 우리가 모르고 있는 사이 우리 말본이 무너지고 있다"고 크게 걱정하시는 이오덕 선생님의 글에 나는 화들짝 놀랐다. 지금까지 내가 쓴 글이 우리글이 아니라니?!

뒤늦게 지난 세월을 쫓으려 애쓰지 말고, 선생님 말씀대로 '어려서 처음 말을 배울 때 어머니한테 배웠던 소중한 우리 말을 찾아 써 보자'고 생각하니 부푼 땅에 봄비 내리듯 마음이 가라앉았다.

그때부터 써놓았던 글도, 새로 쓰는 글도 우리밥상에 화학 조미료나 수입 먹을거리가 끼는 것을 싫어하듯 중국어나, 일본말들을 골라낸다고 마음을 기울였으나, 잘 되지 않았는데 이사람 저사람한테 도움을 받아 다듬다보니 책으로 만들자는 말이 나오고 나는 감히 생각도 못했던 일을 끝내 벌이고 말았다. 이것이 나이 먹은 할머니의 용기인지 자만인지 두렵기도 하다.

어려서 보았던, '동네에 불이나면 물지게를 지고, 물동이를 이고, 자배기를 안고 저마다 오직 불을 꺼야 한다'는 한 생각으로 뭉치던 사람들처럼 나도 물 한바가지를 들고 쫓아가듯 글쓰기에 전념하고 싶다.

바뀐 글자법을 가르쳐 주신 최종규님과 여러 글벗들, 예쁘게 표지를 만들어 주신 윤종열님, 이름도 없고 격식도 갖추지 못한 글을 추스려 내주신 달팽이 출판 그리고 이 책을 펼쳐 보실 독자분께 고마운 마음에 큰절을 올린다.

2007년 4월 문영이

지는 꽃도 아름답다 · 차례

세월의 뒤안길에서

찬이슬로 얼굴을 씻기는 마음

일곱 살박이 손녀의 얼굴을 씻긴다. 입은 환하게 웃는 모습. 콧잔등부터 찡그려 꼭 감은 눈자위. 이상하게 생긴 이 모습이 어릴 적 내 모습이었나?

단오날 작은 대야에 상추잎에서 턴 이슬방울을 모아, 그 물로 내 얼굴 씻기시며,

"콧잔등 펴라." 하시던 어머니 목소리가, 차고 알싸한 어머니 손맛과 함께 떠올라 온다.

콧잔등 찡그리지 말라는 내 말에 손녀는 깔깔대며,

"할머니 손 차잖아." 한다.

"수돗물이 차긴? 새벽에 상추잎에서 턴 이슬방울 물이 차지."

이슬방울 모은 물을 모르는 손녀는 속으로 어른들 일은 모를 일투성이라 하겠지.

나도 어릴 때는 어른들 새벽잠 없는 내력도 몰랐고, 번개같이 움직이는 칼날 밑에서 실같이 이어져 내리던 실고추 내력도 몰랐다. 그리고 고단한 잠 깨워 이른아침 대참에 찬이슬로 얼굴

씻기시는 어머니 마음은 더더욱 몰랐다.

얼굴에 티끌 없이 자라라 비는 마음인걸.

뽀얀 배수건으로 얼굴 닦아 주시고, 그날 하루만 있는 일로 흰 박가분가루 코끝에서 남실대는 분단장 끝나면, 비단 옷고름 매 주시며,

"그네 뛸 때 조신하라"는 당부는 귓전에 날리고, 마음은 송정 그네 밑으로 달려갔던 일들이 새삼스럽다.

우리 집 뒤 뭉게구름 같은 조선 소나무는 잎으로 하늘을 온통 차일 치고, 곧게 자란 붉은 소나무 몸통은 우리들 아름을 벗어났다. 해가림 잘된 차일 밑, 풀 한 포기 얼씬 못하는 황토방을 '송정'이라 했다. (우리가 자랄 때는 조선솔과 왜솔로만 소나무를 나눴다.)

송정에서 마주뵈는 모정은 밭 한 뙈기, 논 두 뙈기로 담장 삼아 송정과 가름하고, 껄끄러운 남정님네는 그곳에 모셨다.

송정은 여인네와 아이들 나라.

치마폭을 두 손으로 여며 잡고, 술래와 가장 가까운 나무 등에 붙어서 술래를 엿보는 재미라니……

그 가운데 맨 끝자락에 소나무 한 그루, 너무 늙어 허리가 휘었나. 흰 허리 어쩌라고, 단오날 노란 짚 동아줄 매이면 여름 내내 잿빛 동아줄 될 때까지 조무래기들의 가슴을 무섭고, 짜릿한 맛으로 싸아하게 씻어내렸다.

그래서였을까? 나는 벼랑에서 미끄러지는 꿈을 자주 꾸었다. 소스라쳐 잠 깨면 언제나 늦잠. 내 꿈 이야기에 할머니는,

"내 강아지, 키 크려고 그러지"로 받아 주셨지.

손녀에게 다가가는 할미 마음이 젖어드는 지금도, 뭉게구름 같은 조선소나무 잎 드리운 곳이면, 달리는 차창에서도 내 마음은 뛰어내린다. 그리고 어릴 적 이야기들이 그곳으로 날아 앉는다.

후박나무와 더불어

우리 부부는 처음으로 '내 집'을 사겠다고 얼마쯤 헤매다가, 그
냥 집을 짓기로 했다. 남북으로 길고 동서가 짧은 네모꼴 터에
집은 북쪽에 바짝 붙여 작게 지어, 꽃밭은 집보다 넓었다. 우리
부부는 너른 꽃밭에 우리 애들 같은 고만고만한 나무들로 꽉
채웠다. 크게 자랄 나무는 담장 옆에, 더 크게 자랄 나무는 집
쪽에 붙여 심어 꽃밭에 그늘이 덜 드리우게 마음 썼다. 나무와
나무 사이엔 한해살이도 빼곡했다. 아이들은 꽃나무 가짓수가
서른다섯 가지라느니, 마흔 가지라느니 입씨름하고, 나는 열매
를 주는 나무도 한 그루 심자고 보채면, 남편은 '꽃밭 버린다'
고 막 억지를 부리다가, 대문에서 토방까지 이르는 길 위에 철
근으로 반듯한 쌍자리를 높이 올려두고 포도나무 두 그루를 올
렸다. 쇠로 만든 ㅅ자 사다리까지 맞춰 그 밑에 놓아두었으니,
포도가 한두 알씩 익는 철부터 옛날 시골집 밀방석만큼이나 어
른아이들이 모여드는 훌륭한 쉼터가 되었다.

　꽃밭 이야기가 많던 그 시절, 집 몸체에서 서너 발을 떼면 어
린 후박나무 한 그루가 있었다. 후박나무는 한두 뼘 되는 회초

리 끝에 뾰족한 나무순 하나를 감아쥔 채 겨울을 넘기고도 봄
소식에 무디었다. 진달래 개나리 들, 봄꽃이 흐드러진 것을 보
고서야 뾰족했던 나무순이 붓봉만큼 부풀다가, 연두빛 들소식
을 들으며 깃봉만 하게 봄을 머금었다. 어느 날 순을 싸고 있던
겉껍질이 사르르 흘러내리면 부풀었던 순이 한꺼번에 확 펴지
며 보얀 나뭇잎 한 보자기가 깃을 턴다. 그리고는 한꺼번에 어
긋 매겨 난, 잎은 해바라기처럼 둥근 얼굴을 드러냈다. 잎은 차
츰 길고 넓어져, 마치 곡식의 티를 가려내는 키를 떠올리게 했
다.

아이들은 곧게 자라는 후박나무에 키재기를 하다가 제 키를
넘겨서면서부터 나무둥지가 '내 팔 만하다, 형 팔 만하다'고 팔
들을 걷고 재어 보다가 어느 땐 야구방망이 만하다고, 나무 옆
에서 야구공 치는 시늉들을 했다. 후박나무는 빨리도 자라 아
이들의 재어보기에서 벗어났다.

해가 갈수록 꽃밭은 좁아졌다. 남편의 가위 손길도 잦아졌다.
나는 그럴 수밖에 없겠다 싶으면서도, 나무가 자라고 싶은 대
로 마음껏 자라는 모습을 보고 싶어서 고까웠다. 나는 집터 백
평을 사서 나무를 다 제 모습대로 기르리라고 생각했다. 땅 한
평 넓이가 얼마만큼인 줄 몰랐으리라.

우리 집에서 오직 한 나무, 가위 매를 한 번도 맞지 않은 후박
나무는 지붕을 훌쩍 넘겼다. 마침 지대도 높은데다가 후박 잎
은 뒷면에 흰빛 잔털이 있어서 바람에 나부낄 때는 은빛으로

빛났다. 멀리서도 알아볼 수 있는 우리 집 등대나무였다.

큰아들이 군대에 나가 휴전선 가까이에서 일하는 동안이 내겐 애틋한 기다림으로 가득했던 세월이었다. 누구와 눈이 마주치면 금방 눈물이 핑 돌던, 그때는 겨울이 유난히 길어 마음 졸였다. 그러다 어느 아침에 후박순을 감고 있던 겉껍질들이 토방 가득 쏟아져 있으면 반가워 '아―, 긴 굴속 같은 겨울을 벗어났구나' 하고 아들의 시린 귓볼을 생각했다.

후박나무는 잎이 꽃처럼 봉오리봉오리 핀다. 잎이 고루 펴졌다 싶은 오유월이 되면, 또 한 차례 꽃을 싸고 있던 허물을 훌훌 벗어던진다. 나는 토방을 쓸던 비질을 멈추고 나무를 올려다보곤 했다. 넓은 잎 사이에서 연꽃봉오리 모양으로 크고 말쑥한 꽃봉오리들이 보였다 안 보였다 바람그네 띈다.

우윳빛으로 고운 꽃은 향기마저 달콤하다. 여학교 다닐 때, 후박 꽃 한 잎을 수첩 갈피에 넣고 윗주머니에 숨겨 두고 오는 동무가 있으면, 동무들은 코를 킁킁거리며 그 동무 곁으로 모여들었다. 학교 뜰 후박나무 밑에서 후박꽃을 바라보던 한 동무가 목마른듯 아쉬웠던지 나무에 올라가 꽃을 따는 기사도를 베풀었다. 며칠 뒤 조회 시간에 교장선생이 그 학생에게 정학 처분을 선언하자, 마음속으로는 다 같은 죄를 저지른 우리들은 며칠을 술렁거렸다.

꽃은 한 잎 두 잎, 꽃잎을 떨구다가, 이어 꽃술을 소복이 쏟아내고, 또 피고 또 떨구고, 오랫동안 핀다. 빨간 설탕옷을 입힌

알약 같은 꽃씨를 떨구면, 꽃씨를 주워 손바닥에 모으는 것도 잠깐, 잣 씨방 같은 씨주머니를 마저 떨어트렸다. 그리고는 스 륵스륵 벽에 스치는 소리를 내며 지는, 그 넓은 잎과 함께 지든 날들.

철철이 다른 모습 옷을 벗어 주어, 토방을 쓰는 일거리로 한 세월을 삭혀 주던 후박나무가 지금도 내 마음속에 애틋하게 담 겨 있다.

후박나무와 더불어 스무 해 남짓을 딩군 집을 비워 줄 때, 나 는 오직 후박나무가 잘 있기만을 걱정했다. 오래도록 이렇게 우람한 모습 자랑하기를 빌다가 돌아설 수밖에. 이해심 없는 새 주인이 뭉청 베어버릴 것 같은 조바심이, 내 새벽잠을 설치 게도 했다. 그런 날은 그 집 먼발치에서 나무를 살폈다. 미끈하 고 곧게 자란 몸기둥과, 시원스레 쑥쑥 뻗은 가지에 넓은 잎. 이름 탓일까? 후덕한 맛을 주는 후박나무가 나는 좋았다.

나는 지금도 어디서고 후박나무가 보이면 뒤돌아보게 된다.

보리

지난가을부터 사방으로 신호등이 서 있는 건널목에서 신호를 느긋하게 기다리게 되었다. 네 갈래 건널목 여덟 귀퉁이에서 시들은 가을꽃들이 말끔히 뽑히고, 갓 싹이 올라온 보리모를 심었기 때문이다.

'아차, 좀 높이 심었구나. 뒷날이 가물면 어쩌지? 언제고 가장자리에 흙을 조금 돋아 주면 큰 흠이 되지 않겠지…….' 나는 보리에게 얘기를 건네는 버릇이 생겼다. 앞을 내다보는 슬기가 있었던지 지난겨울에는 유난히 눈이 많아 높게 심은 보리모가 습해를 입지 않고, 오히려 잘 자랐다.

아직도 눈발이 흩날리던 어느 날, 작은 보리밭은 봄기운을 함빡 머금고 있었다. 마치 빠진 앞니를 훤히 드러내 놓고 웃는 소년의 얼굴 같은 모습으로 나를 반겼다.

우리가 초등학교에 다닐 무렵, 이맘때면 책보는 팽개쳐 두고 동무의 어깨에 두 손을 얹고 기차놀이를 하듯 길게 늘어서서 보리밟기를 했다. 한 동무는 짚신을 신고 와 우리들 웃음을 자아내기도 했지만 "보리밟기엔 짚신이 제격이다"는 선생님의 칭

찬으로 그 동무는 부끄러워하지 않아도 되었다. 참으로 오래된 이야기다.

그런 생각을 하며 길을 건넜던 때가 어제 같았는데 벌써 보리 동이 한 뼘이나 올라왔다. '보리가 너무 촘촘해서 줄기가 가늘 구나. 그래도 작은 밭과 어울려 이삭이 나오면 오히려 앙증맞 아 귀여울 거야.' 나는 그런 생각을 하며 하늘과 땅을 수놓으며 종알대는 종달이를 떠올렸다.

종달새한테 안내를 받으며 찾던 통통한 찔레순, 나뭇가지나 돌 조각으로 보송보송한 흙을 헤집어 까치밥이나, 귀밥을 캐던 고사리 손들. 동그란 까치밥을 두 손바닥으로 비비며 "까치야 까치야 물 한 동이 줄게 꿀 한 동이 다라." 동그랗게 둘러서서 까치밥이 하얀 속살을 드러낼 때까지 외우던 노래.

문득 집안일을 서둘렀다. 하던 일을 끝내고 들에 보리 구경을 나가리란 마음이었다. 그러나 들 구경은 마음일 뿐. 며칠 뒤에 발길은 작은 보리밭으로 가고 있었다. '보리는 어느만큼 자랐 게' 누구와 내기라도 하듯, 나는 먼발치부터 보리를 찾았다. 보 리밭은 난데없이 울긋불긋했다. 서둘러 다가가 보니 보리는 간 데없고, 서양제비꽃이 제 키보다 큰 꽃송이를 색색으로 이고 서 있질 않은가! 그날 따라 작은 키에 큰 꽃이 대갈쟁이 같아 미웠다. 그리고 아무렇게나 뽑혀 쓰레기차에 실려 갔을 보리와 함께 내 맘도 쓸려 나갔다.

앙증맞아 귀여우리란 내 기대는 뭉개어지고 말았다. 작은 보리는 어떻게 되었을까? 싱겁게도 나는 서울 어느 거리에서 본, 굵고 잘 생긴 보리이삭을 떠올렸다. 긴 꽃분 몇 개 잇달아 놓고, 잘 가꿔 노랗게 알이 익은 보리는 걷어들일 때를 넘기고도 오가는 사람들의 눈길을, 차마 뿌리치지 못하고 '나 좀 더 보라'고 서 있었다. 지나가는 사람들도 고개를 뒤로 돌려서까지 눈으로 화답했다. 그렇게 작은 꽃분에서도 결실을 맺는 수수한 것이 보리이다. 오가는 길 사이 손바닥만한 밭이지만 하늘을 담뿍 안고 서 있던 보리이삭이 파랗다가 노랗게 내 눈을 휘감고 사라진다.

어마어마한 약속도 흐지부지 없어지는 이 나라 풍토에서, 그 작은 보리모가 알곡을 못 본들 어느 누가 눈 한번 깜박일까마는. 초등학교가 옆에 있는 이 거리다. 오고가는 어린 학생들의 눈이 부끄럽다는 생각이 문득 스친다.

심고 알곡을 못 보고 뽑혀버린 보리 신세가 뿌리고 열매 없는 우리 사회 모습 같지 않은가! 참으로 안타까운 일이다.

울긋불긋 어지러운 서양제비꽃보다, 여물 날을 눈앞에 두고 부풀었을 소박한 보리를 인정머리없이 뽑아버린 것이, 싸아하게 가슴 아픈 것은 나만 앓는 병일까?

술 이야기

시집에 들어 며칠 뒤 일이었다. 집에는 어머니와 나만 있었다. 동네 어른인 듯한 어느 분이 술이 거나한 채 찾아와서, 혼사 때 쓰고 남은 막걸리가 있을 거라며 막걸리를 달라고 졸랐다. 어머니는 술이 취했으니 다음에 오라고 했지만, 이기지 못하시고,

"아가, 술 한 상 차려 오너라"

하는 말씀은 나를 화들짝 놀라게 했다. 시집와서 형님(동서) 심부름만 해 온 터라, 혼자 술상을 차리기가 난감했던 것이다. 얼마를 꾸물거리다가 술상은 차려서 내갔다.

밖에서 돌아온 형님은 혼잣말로 "별 일이네, 참 별 일이네," 군담을 하시며 무엇인가를 찾는다. 나는 일도 설고, 낯도 설어 참견도 못하고 있었다. 저녁을 지으며,

'이 양푼에다가 담아 놓았던 것 같은데……'

하시며 양푼을 살핀다. 그제야 나는,

"거기에 있던 거, 낮에 어느 분이 오셔서 다 드렸는데요?"

"아니, 누가 그것을 다 달래? 내가 쓸려고 찬장 안쪽에다 꼭

덮어 놓았는디?"

나는 덜컥 겁이 났다.

"술상을 보라고 하셔서……"

주눅이 들어 말끝을 못 잇는 내게,

"그것은 술이 아니라 콩탠디?"

그 말을 듣는 순간

'아니? 콩태라면 날콩 즙이 아니냐?' 는 생각에 소름이 번개처럼 온몸을 휘감고 내린다. 당장 형님의 낭패도 두려우려니와

'그 비린 콩물을? 그것도 석 잔은 됐을 것인데……'

잘 마셨다고 몇 번이고 인사까지 하고 돌아간 그분의 입맛 걱정에 나는 진저리를 쳤다.

신혼 방에 콩태를 먹이고, 다른 방까지 먹일 요량으로 잘 간수하셨다는 것이다. 어머니는

"날콩 셋만 먹으면 장사 된다는디. 그 사람 보약 먹었다."

하시고 집안에는 한바탕 웃음꽃이 가득 피었지만, 시숙어른까지 계신 자리여서 나는 어찌할 바를 몰랐다.

내가 어렸을 때는 정월보름 아침이면 수저를 들고 밥상머리에 앉을 만한 어린 아이들에게도 입에 술잔을 대게 했다. 신통력을 믿었던 '귀밝이술' 은 의식으로만 남았을 뿐, 술맛은 남지 않았다.

술을 마신 기억은 중학교 이학년 겨울인 듯싶다. 큰집에 가면 우리 또래가 모이는 '저짝집' 이 있다. 방 두 칸과 불을 지피는

아궁이만 있는 부엌이 딸린 별채이다. 그날엔 나보다 한 학년 위인 큰집고모, 작은집 고모, 한 학년 아래인 사촌 여동생, 넷이 모였다. 방문을 여니 술 냄새가 훅 얼굴에 감긴다. 윗방 술 항아리엔 용수가 꽂혀 있었다. 큰집고모가 갑자기,

"내가 술상을 차려 올 테니 기다려라."

속삭이듯 말하곤 뛰어나갔다. 얼마 뒤 참말 어른들 술상처럼 잘 차려 왔다. 첫 잔은 호기심으로, 다음부터는 서로 견제하는 탓으로 작은 술잔은 오고갔다. 모두 홍당무 같은데 내 얼굴만 희다고 했다. 큰집고모가

"야 기분이 좋다. 이래서 술을 마시는 거구나."

하더니 노래를 불렀다. 상 위에는 아무도 술잔을 거스르지 못하게 잡아당기는 어떤 힘이 있었다.

나는 이 잔이면 고모처럼 기분이 좋아지려나 하는 마음으로 술잔을 받았지만 기분이 좋아지기는커녕, 양쪽 이마 끝은 송곳으로 쑤시는 것 같고, 가슴은 터지려는 것인지 옹 죄는 것인지 알 수 없는 아픔이었다. 마침내 작은집고모가 토하며 우는 바람에 술 마시기는 끝났다.

동생과 나는 추운 마루에서 한 손은 이마를 억누르고, 한 손으로는 가슴을 옹송그리고 오래오래 앉아 있었다. 어른들 걱정을 들은 기억이 없는 것으로 봐 큰 탈은 없었던 것 같다.

남편은 술을 즐긴다. 여느 때엔 말수가 적다. 그런 사람이 술을 마시면 호기로운 말풍년이다.

"비린 콩국도 술맛인 사람 말을 믿으라구요."

우리는 같이 웃었다.

중년에 남편은 장에서 피가 새는 줄을 모르고 있다가 쓰러진 때가 있었다. 병원에서 나오는 날 의사는

"술과 담배는 절대로 안 됩니다." 는 간곡한 부탁이 있었다. 오랫동안 잘 참는다 싶을 때, 맥주 한 병을 들고 들어왔다.

"맥주 한 병은 괜찮을 거야" 하고 염치없어하며 말한다. 나는 말없이 유리잔 두 개를 내밀었다. 남편도 알았다는 듯이 두 잔에 맥주를 따랐다. 처음 마셔 보는 맥주는 지리고, 쓰고. 그래도 못 마시겠다는 말을 못했다. 예전엔 머리와 가슴만 아팠다는 기억인데 아랫배부터 불이 붙는 것 같았다. 그 뒤로는 성한 뱃속도 이런데, 아픈 속은 어쩌랴 싶어 술 감시는 더 모질게 했지만, 이런 술 마시기는 가끔 있었다. 차츰 술의 갈래도 늘어났다. 그러는 어느 때부턴가 맥주의 지린 맛이 덜어져 갔다.

어느 해 여름 놀러나갔다가 물이나, 다른 어떤 마실 것으로도 가시지 않던 목마름이 시원한 맥주 한 잔으로 싹 가셨다. 눈이 확 커지는 기분이었다. '이런 맛도 있구나.' 속으로 감탄했다.

속이 매스껍고, 개운하지 않아 새뜻한 맛을 찾을 때, 집에 있는 색다른 술 한 모금이 청량제가 됨도 알게 되었다. 그러나 어느 술이나 한 잔은 그 나름대로 맛을 입안에서 즐기지만, 두 번째 잔부터는 맛이 없어 마실 수가 없다. 똑같은 술인데도, 그렇게 뚜렷이 맛이 다른 음식. 그래서 술은 알 수 없고, 끊을 수 없

는가 보다.

술을 마셔 기분이 좋은 남편을 보면 부러운 때가 있다. 씽씽 달리는 차가 거리에서 절대 왕이듯이, 술에 많이 취하고 보면 우선 모두 길을 비켜 주는 심사가 된다. 할 일을 밀쳐두는 빌미도 되고, 잘못을 덮어주는 너그러움도 생긴다. 받아들이기 어려운 말은 '기억이 안 난다'고 하면 그만이다. 삼백예순 날 기찻길을 오가는 것 같은 삶에서, 한번 벗어나 버리는 맛도 있겠다. 속을 확 비워 버리고, 새로운 음식으로 천천히 속을 달래며 마음을 가다듬는 느긋함도 누리고.

"내가 많이 취했나 봐"

하며 자기 뒤통수를 한번 쓸어내리는 것으로, 잘못을 벗어 버리는 술.

그런 경지를 한번 맛보고 싶었다. 그런데 석 잔 고비를 넘지 못한다.

어느 자리에서, 받아 놓은 술 마시는 것을 잊고 일어서는 때가 있으니, 애주가가 보면 술의 '참맛을 모르는 사람이라'고 격이 없다 할 것이다.

오늘 따라 딱 한 잔 술 생각이 난다.

1964.10.26

옥수수를 먹으며

딸아이가 사온 옥수수 봉지를 열었다. 한 자루를 골라 집었더니 벌레먹은 옥수수다. 한 손에 옮겨 쥐고 또 한 자루를 집었더니, 그것도 벌레먹은 옥수수였다. 나는 무심코 "응." 하는 소리가 나왔다. 딸은 잘못 사 왔다는 꾸중으로 들렸던지

"그 아줌마가 막 담아서……."

하고 주눅 든 목소리로 말끝을 흐렸다. 나는 벌레먹은 옥수수를 한입 뜯으며,

"괜찮아. 옥수수대에서 벌레가 탄 자리니까."

"벌레가? 엄마 먹지 마."

딸은 질색 하며 옥수수를 빼앗으려 든다.

"옥수수를 찌기 앞서 벌레가 먹은 자리니까 괜찮은 거야."

하고 차근차근 일러 주었다. 그래도 뜩한 얼굴이다. 그런 딸에게서 어릴 적 나를 본다.

내가 자라던 집은 사랑채를 드나드는 바깥 대문이 있었다. 그 문은 바깥문인데도 중문이라고 했다. 중문은 언제나 열려 있었다. 그 문을 지나 사랑채 마당을 지나면, 안채로 들어오는 대문

은 늘 닫혀 있었다. 대문을 열면

"삐격—" 하고 시끄러운 소리가 나서 처음 오는 사람은 그 소리에 놀라곤 했다. 그 소리로 우리는 '학교에 다녀왔습니다.' 는 인사말을 대신했다. 대문 소리에 어른들께서 먼저 내다보시며, "추운데 어서 오너라" 하고 반겨 주셨다. 그러나 그 소리는 어른들 허락을 받지 않고는 마음대로 집을 빠져나갈 수 없도록 지키는 수문장이기도 했다.

그렇게 언제나 닫혀 있던 대문이 오직 한여름이면 중문으로 앞가림 해 놓고, 활짝 연 뒤에 밀방석을 펴 놓으면 비나 쨍쨍한 햇빛 걱정이 없었다. 남북으로 맞터져 있어 시원한 바람이 쏟아지는 밀방석은 우리들에겐 놀이방이었다. 물을 마시러 들어오는 어른들은 '어이 시원하다' 를 잇달아 하고

"이 집은 샘물도 시원하고. 아이고 시원하기도 해라" 하며 그 자리가 탐나 눌러앉아 이야기꽃을 피우기도 한다. 어른들에게 밀려난 조무래기들은 중문 밖 널따란 채마밭으로 나가 옥수수 대에서 둥구(풍뎅이)를 잡았다.

둥구의 발끝을 몽그리고 고개를 비틀어 마당에 놓으면 둥구는 악다구니를 치듯 날개로 마당을 쓸었다. 그 악다구니에 맞춰

"손님 온다 마당 쓸어라."

를 외며 둥구가 마당을 쓰는 대로 동그라미를 그렸다. 우리들은 깨끗이 쓸린 동그라미가 더 넓어지기를 재촉하느라, 둥구에

게 힘을 주는 주문 소리는 자꾸자꾸 높아졌다. 서로 제 둥구가 마당을 더 잘 쓴다고 우김질도 대단했다. 지금 생각하면 끔찍한 일인데도 그때는 신명이 났다.

그러다 김이 왁자하게 퍼지며 노란 옥수수 광주리가 밀방석 한가운데에 놓이면 우김질은 김과 함께 날아갔다. 때깔 좋은 옥수수는 동네 어른들에게 내드리고, 어머니 몫은 언제나 벌레먹은 옥수수였다. 네 것 내 것이란 생각이 없던 넉넉한 인심이다. 그때는 나도 딸아이처럼 뜩한 심사였으리……

'이제 나도 벌레먹은 옥수수가 내 몫이구나.'

지금 딸아이는 이런 내 모습이 얼마나 아득한 딱한 일로 보일까?그 마음 이렇게 잠깐인 것을……

"오늘은 벌레 먹은 것까지 어렵지 않게 다 팔고 왔다"

며 어린 아들딸 앞에서 즐거워 할 그 옥수수장수를 떠올리며 나도 덩달아 즐거워지는 것은 무슨 마음일까?

언제나 돈은 아버지가 간수하셨다. 그러던 집에 아버지가 갑자기 안 계시니 돈도 없었다. 어느 해 여름 개학을 앞둔 우리들 앞에 어머니는 팥을 한 소쿠리 담아 안고 나오시며,

"항아리 밑바닥을 긁어 왔는디 왜 이렇게 추접하게 생겼다냐."

고 푸념하셨다. 어머니는 팥을 이리저리 저었다. 팥은 쌀먼지와 거미줄이 부옇게 슬었을 뿐 오롯했다. 마른 행주에 물을 적

서 꼭 짠 뒤에 소쿠리에 펴 놓고 한참을 휘둘러 닦아내니 빨간 팥이 제빛을 드러냈다.

어머니는 그걸 보자기에 싸들고 이십 리 길, 장으로 갔다. 아버지 가시고 처음 실생활에 부딪는 발걸음이셨다. 우리들은 어머니가 오시기를 애타게 기다렸다. 해거름에야 오시는 어머니 발걸음은 힘이 없었다. 마루에 걸터앉아 버선을 뽑으며

"나쁜 사람들."

아무리 해명을 해도 가을팥이 아니고 여름에 거둔 올팥이라며 반값밖에 주지 않았다는 것이다. 깨끗이 닦은 것이 화근이었다. 값을 적게 받은 것도 억울한데, 평생 거짓을 모르셨을 분이 거짓말쟁이로 몰렸으니……

"내가 거짓말을 한다고, 나쁜 사람들."

힘없이 되뇌는 어머니 앞에 호기롭던 우리들도 힘이 빠졌다.

딸아이가 사온 벌레먹은 옥수수를 먹다가 가을팥이 여름팥이 된 옛이야기를 생각한다.

아주 특별한 생일 선물

내 생일은 음력으로 팔월 초사흗날이다. 그맘때면 밭에 수수가 무거워진 목을 다소곳이 숙이고, 밭 둘레에 심은 돔부가 익는다. 팥도 하나둘 익어간다. 며칠 앞서부터 할머니와 어머니는 바삐 밭을 들락거리며 익는 족족 고명감을 걷어들인다, 일꾼에게는 수수를 베어 오게 한다.

그렇게 며칠 수런거리다가 그날에는 동네 아주머니들이 모여 풋수수를 털고 빻아 경단을 만들어, 가마솥 팔팔 끓는 물에 익혀 장만해 놓은 고물에 굴려 '수수망석이'를 했다. 지금은 한두 시간이면 손쉽게 할 수 있는 일일 테지만 그때는 동네잔치로 치렀다. 꼭 쌀이 없어서라기보다, 일손이 뜸한 틈을 타 햇곡식으로 동네사람들을 불러 같이 먹고 싶었던 모양이었다. 언제부터 그랬는지는 모르는 일이지만 내가 시집오기까지 내내 그런 잔치를 한 것으로 떠오른다.

그러다가 시집을 와서 첫 해, 시집에서 내 생일을 챙겨 주는 사람은 아무도 없었다. 그때에는 여자 생일을 잘 챙겨 주지 않는 때였으니 그러나 보다 생각했다. 그래도 누구와 눈이 마주치면 핑— 눈물이 돌 것 같아 남편 눈길도 멀리하며 그날을 넘겼다.

　시집에서 한 해를 살고 다음해부터 우리는 따로 나와 살았다. 나는 남편 생일은 내 서툰 솜씨지만 있는 재주 다 부려 생일상을 차렸다. 그런데 남편은 번번이 내 생일을 까맣게 잊어버렸다. 나는 토라져 며칠을 보내고서야,

　"내 생일, 동네 사람도 다 챙겨 주는 날인데."

　하고 투정을 했다. 그럴 때마다 깜짝 놀라고, 다음해에는 꼭 잊지 않겠다며 미안해했다. 그 뒤로도 남편은 줄곧 챙겨 주지 않았다.

　애교 있는 여자라면 직장생활에 바쁜 남편을 웃음으로 일깨우는 재치도 보였음직하지만, 나는 타고난 성품이 마음 가는 대로밖에 못하는 사람이라, 혼자 속으로 하루나 이틀 토라졌다 풀리기를 몇 해 하고 보니 애들이 생겨 서툰 일에 몰려서 "당신 생일이지" 하고 아는 체 않고 넘어가는 것이 오히려 내 일을 덜어 주는 일이라 생각하고 생일 없는 여자로 살았다.

　어느덧 며느리를 한 달 사이에 둘을 맞는 세월로 바뀌었다. 그해였다. 그렇게도 잊어버려 젊은 날 나를 섭섭하게 했던 내 생일을 남편은 용케도 찾아내어 며느리들과 몰래 전화를 주고받는 눈치였다. 나는 손을 저었지만 느닷없이 들이닥친 손님맞이에 바쁜 날을 보내게 되었다.

　며느리들이 가고 난 뒤에,

“당신은 젊어서 내 생일을 살며시 챙겨 주었음직할 때는 아무렇지 않게 건너뛰더니 웬일이오?”

머슴도 오래 살면 뼈가 난다고, 나도 이제 일이 귀찮은 나이가 됐으니 제발 예전대로 살자고 빌었다.

이제 며느리들도 수선스러운 것을 싫어하는 내 성미를 알 만큼 세월이 흘렀다. 그런데 나는 언제부터인가 내가 농사짓는 밭에 수수농사를 짓고 있었다. 올해에도 어김없이 수수목은 고개를 숙이고 수수잎은 수런거린다.

그이와 마흔 해 세월을 함께하며 처음으로 남편에게 늙다리 아양을 떨었다.

“당신 내 생일 선물 한 번 해 주지 않으려오?”

남편은 반가운 듯이,

“무엇을 해 줄까?”

하고 얼른 대답했다. 나는,

“허물없는 동무와 속리산에 가서 하룻밤만 자고 올게요.”

남편은 기꺼이 허락을 하였다.

돈봉투까지 받아 놓고 동무와 나는 그날을 기다렸다.

그런데 이게 웬일? 그렇게 귀한 가을비가 어찌하여 그날 아침부터 내렸다.

일기예보는 그 비가 이틀을 이어진다고 했다.

나뭇가지 끝 잎이 짙어지면
섣달 큰애기 마음 된다

막내 삼촌과 나는 같은 학년이었다. 우리 집은 한해농사를 지어 둘을 대학에 보낼 형편이 못 되었다. 여자인 내가 물러날 수밖에 없었다. 나는 다음해을 기다리며 한 해를 쉬기로 했다. 그런데 이어진 가뭄은 차츰 집안 살림을 어려운 형편에 몰아넣었다. 그때 할아버지 할머니는 논을 팔아 여자를 대학 공부시킨다는 생각을 하기는 태산을 넘기보다 더 어려웠다. '내년에는……' 하면서 늘 학교 갈 꿈을 꾸었다.

나뭇가지 끝이 연두빛으로 자라는 동안은 봄여름 가릴 것 없이 느긋한 마음이다가, 나뭇가지 끝이 뭉뚝해지고 짙은 풀빛이 가지 끝까지 올라가고, 검푸른 나뭇가지 끄트머리는 뜨거운 햇볕으로 담금질 하듯 지지건만, 지친 듯이 아무 저항 없이 내어 맡기고 있는 것을 보면, 한 해를 몽땅 잃은 텅 빈 마음으로 허둥대었다. 긴 한 해가 짧은 한 해로 바뀌었다고 깨달은 서두름증이고, 그 짧은 동안에 참말로 내 뜻은 이루어질 것인가? 하는 무섬증 같은 것이다. 나는 나뭇가지의 연두빛을 보며 마음을 싣던, 그런 느슨한 마음은 그때나 지금이나 썩 달라진 것이 없다. 모든 일에 정확한 셈이 없고, 감상에 젖는 데 있다. 그런 내 마음을 대변이라도 해 주듯 그맘때면 꼭 매미가 울었다.

오늘은 내 방 창 밖 태산목에서 와가리(매미의 일종)가 악을 쓰듯 운다. 진학 못한 아쉬움을 나뭇가지에 싣던 아스라이 잊혀진 그때가 은회색 고사리가 땅속을 헤집고 쑥 솟은 듯이 아무 감정개입도 없이 아련하게 떠오른다. 와가리 울음은 그때와 다른 바 없다.

매미가 울면 대학에 다니는 벗이 한 학기를 마감하고 돌아온다. 나는 그 벗이 오기를 기다렸다. 한 학기 동안 벗이 보낸 싱싱한 소식을 들을 반가운 마음과, 한편으로는 한 발자국도 내디디지 못한 나를 뒤돌아보는 아픔이기도 했다. 짙은 풀빛으로 바뀌어 버린 나뭇가지 끝을 보며 내 마음은 칠월에 세밑을 읊던 때가 있었지.

그 버릇은 지금까지 버리지 못했다.

하늘을 바라보며 기세 좋게 연한 잎과 줄기를 피어내던 가지는 어느새 크기를 멈추었다. 이듬해에 피어날 새순과 아름답게 피울 꽃에 영양을 쌓아두기에, 담금질하는 햇빛도 마다하지 않는다. 그런 준비 없이 칠월 햇볕이 좋다고 마냥 팔 벌려 자라기만 하다가는 큰 낭패일 것이다. 찬바람이 불면 그때는 벌써 때 늦은 일. 한 해만 잘 산 것으로 끝나고 말 것이다.

나뭇가지를 더 치켜보면 어떤 나무는 통통한 씨눈에 더는 손 볼 것이 없겠다 싶을 때, 나뭇가지 위에 덧순을 피운다. 그 덧순은 꼭 살아남으리란 믿음은 없다. '겨울 날씨가 순탄하기만 하다면' 하는 요행을 바라고 하는 일이다. 겨울 날씨가 매서운 추위로 이어지면, 덧순은 죽고 만다. 그 덧순이 죽었대서 나무는 아쉬워하지 않는다. 그 밑에는 동장군을 이겨내는 튼튼한 꽃순과, 잎순과 줄기순이 기다리고 있어서이다. 할 일 다했다고 그저 손놓고 놀지 못하는 부지런한 성품이 또 다른 모습으로 보인 것이다.

쨍쨍한 햇볕이 온 땅을 핥는 칠월에 겨우살이를 끝내고, 남은 힘을 모아 덧순까지 피우는 나뭇가지를 보며, 나는 때때로 졸음처럼 밀려오는 게으름을 추스르기도 한다.

오빠에게

오빠, 유월이네. 우리 집 뒤 '송정'의 소나무 숲, 솔잎은 뭉클뭉클 해서 멀리서 보면 꼭 뭉게구름 같았지! 소나무 숲에서 꽃가루 날리던 때를 오빠도 생각해? 비가 오면 장독대, 세수대야, 오빠 신발 자국에나 내 신발 자국에 고인 빗물 속에 노란 금테가 둘러쳐지던 것을 떠올린 것이 엊그제 같은데, 지금은 무르익은 풀빛이네. 그해 유월도 이렇게 싱싱한 풀빛이었지.

이렇게 싱그러운 젊음을 간직할 오빠. 어린 동생들의 희어가는 머리를 오빠, 보고 있어?

나는 요즈음 우체국에서 공짜로 해 주는 컴퓨터 교육을 받고 있어. 저장한 글을 클릭하면 어디 한 군데도 구겨진 곳 없이 모니터에 떠오르는 화면을 보면서 사람의 머리속에도 저런 저장 창고가 있나 보다고 생각했어.

해마다 유월이 오면 전쟁이 싣고 간 그해의 유월이 컴퓨터에 저장된 화면처럼 생생하니까.

오빠는 아버지와 긴긴 토론을 끝내고, 철학과에 지망한다고 시험 준비를 하고, 나는 중?고등학교로 나뉘는 그 첫 번째 고등학교 입학시험 준비를 하던 그 시절 그 공부방.

오빠. 그때 나는 철학과가 무슨 공부를 하는 건지 몰랐어. 내가 모르는 어떤 공부를 하는 오빠. 그래서 그렇게 오빠가 커 보였을까? 오빠는 내게 가벼운 심부름 한 번 시키는 일이 없었지. 삼촌들이 어쩌다,

"영이야 물 한 그릇 다오" 하면

"삼촌, 영이도 삼촌하고 똑같은 학생이여, 왜 그 애한테 심부름을 시켜." 하고 오빠보다 두 살 아래인 삼촌에게 싫은 눈치를 보냈지. 〈인형의 집〉에서 노라는 왜 집을 나가는 줄을 몰랐듯이, 내가 찾지 못하는 내 자리를 꼭꼭 짚어 주었지만 그것이 무엇을 뜻하는지를 그때는 몰랐어. 남자와 여자 차별이 심한 집에서 오직 아버지와 오빠만이 나를 여자가 아닌 '사람'으로 자라기를 바랐던 거. 그렇게 훌쩍 떠나려고, 미리 알려주고 가셨구려. 하지만 나는 아버지와 오빠 없이는 내 몫을 찾을 수 없던 걸 뭐.

오빠는 언제나 책을 읽는 선비였고, 나는 털털이였지. 오빠 책꽂이에서 책 한 권 뽑아 보려면 내 딴엔 있는 얌전을 다 부려 살며시 뽑아 보고 도로 꽂아 놓아도 용케도 알아보고, "누가 내 책꽂이에 손댔느냐"고 물었지. 그런 오빠는 내게 "여기나 서울이나 하숙하기는 마찬가지이니까, 고등학교는 서울로 같이 가자." 하고 말해, 내게 차분히 공부할 수 있는 힘을 주었지. 처음으로 참고서 몇 권을 사들고 '신록처럼 싱싱하던 우리 공부방.'

참고서 잉크 냄새도 채 가시기 전에 전쟁의 총소리는 우리에게 무엇이었을까?

발밑까지 들끓던 인공치하 몇 달이 물러나며, 파도가 핥고 간 발자국처럼 오빠는 그렇게 어디에고 흔적 하나 없이 사라졌지요.

"오빠. 왜? 왜 그랬어?"

오빠가 없어진 우리 집은 뿌리가 잘려나간 큰 나무처럼 바로 설 수가 없었어. 날이 새면 오늘은 또 어데 가면 소식을 알까, 밤이 되면 또 이 밤에는? 하고 찾고 기다리다가, 그해 가을 아버지는 서둘러 가을걷이를 끝내고, 거둔 쌀을 다 싣고 나가시며,

"그 놈이 의정부 수용소에나 있을는지……"

아버지는 오빠가 철없이 인민군을 따라나섰을 것이란 결론을 짓고, '삼팔선을 넘으려다가 우리 국군에게 붙들린 사람'들을 수용하는 수용소가 의정부에도 있다면서, 알아볼 곳은 다 알아보고 거기 한 군데만 남았다고 길을 떠나셨어.

전세는 밀고 밀리기를 주고받는 가운데 '이삼 일이면 돌아오리라'던 아버지는 일주일, 열흘, 피를 말리는 기다림이었어. 그러는 가운데 경기도 어느 경찰서에서 '○○○ 교통사고 위독'이라, 거기에 찍힌 날짜보다 한참 뒤늦은 전보 한 장이 왔어.

아버지 사고 소식에 그럴 리가 없다는 듯이 그 전보를 되가지

고 김제 작은아버지가 차를 몰고 전보를 보낸 곳으로 달려가셨지만 작은아버지는 평택에서 차머리를 돌리고 말았어. 백두산까지 밀고 간 방어선이 다시 밀리는 바람에 더는 북쪽으로 올라갈 수가 없었대.

오빠도 아버지도 안 계신 집에는 늘 병약하시던 어머니마저 돌아가실까 봐 남은 식구 모두는 칼끝에 앉은 새가슴이었어.

숨 못 쉬게 조마조마하고 막연한 기다림. 그런 기다림으로도 봄이 가고, 여름 가고……

오빠. 알아요? 우리들 육 남매 앞앞의 가슴 가슴은 젖혀 두고, 어머니가 토해 내시는 뜨거운 한숨으로 우리들 사춘기는 투정 한 번 못 부리고 시들었다는 '그걸' 아냐구요?

불길이 휩쓸고 간 땅에도 세월 가면 새싹이 트듯이, 웃음을 잊은 어머니 밑에서도 우리들은 감정이 돋아났던가?

늘 병약하여 아버지 애를 태우시던 어머니는, 아버지와 오빠를 잃고도 일흔두 살까지 우리들 곁에 계셨던 것, 지금 생각하니 그 알 수 없던 사실이 아버지와 오빠가 보살펴 주신 것이였구료.

지금 남은 육 남매 가운데 네 자매는 어엿한 할머니가 되어 손녀 손자들 재롱을 보고, 지금 두 형제는 며느리, 사위 볼 재미에 빠졌답니다.

빛이 바래고 바래 하얗게 센 머리를 한 나는 지금도 오빠가 어깨가 딱 벌어진 젊은 오빠로 보이고. 나도 세라복 입은 소녀인 채로 이 편지를 써.

가끔 텔레비전에서 있는 석학들의 좌담회를 볼 때, 오빠도 살았으면 틀림없이 저런 자리에 앉았을 텐데…… 하는 생각을 해본답니다. 그리고는 그때 높이 보였던 오빠만큼, 높이 올려다보이는 그분들 대신, 머리가 하얀 오빠를 그 자리에 앉혀 보는 버릇도 생겼어.

늘 자랑스럽고, 부러웠던 오빠. 다 늙은 지금은 다시 오빠의 젊음이 부럽군요. 지난 세월만큼 오래지 않아서, 키가 크고 코가 커 '쟤네 아버지는 서양코쟁이다' 라고 늘 놀림받아 애달았던, 서른아홉 우리 아버지와 앳된 청년 오빠를 만나겠군요. '이화여대' 가 '배꽃계집아해배움집' 으로 바뀌었다고 알려주시며,

"장차 네가 갈 학교다."고 하시던 아버지는 그 약속 지키지 못해서 눈이나 감으셨는지 몰라……

내 머리는 희다고 알려드렸으니까 그때 놀라지 말고 알아보아 주세요.

만날 때까지 안녕히.

바람에 실어 하늘나라까지

영이 드림

1949. 5. 29

보름달

나는 지금 느긋하게 천천히 가는 승용차에 앉아 있다. 왼쪽 앞 창문 너머에서 막 솟아오르는 둥근 보름달이 붉게 떠오른다. 붉고 너무 커서 지는 햇님인가 착각했다. 햇님이 위세를 잃는 시새움으로, 달님이 주눅이 들어 제 모습을 감추는 모습이다. 그러나 달은 곧 제 모습으로 돌아왔다.

머리를 곱게 빗질해 딱 부쳐 쪽진 새색시 얼굴로 달은 다가왔다. 토끼가 떡방아를 찧고 계수나무가 서 있다는 전설을 떠올려 보지만 실감이 없다. 달을 놓아 버렸다.

달을 피해 딴 생각을 하다가 다시 보는 달 모습도 고개를 조금 기웃한 여인의 얼굴이다.

차의 방향에 따라 왼쪽, 오른쪽 창으로 오가며 길을 안내하는 달을 보며 '달이 나만 따라온다'고 생각했던 어린 시절이 그림으로 흐른다.

어머니 앞에서, 두 팔을 솔개처럼 쫙 펴고 이리 기우뚱 저리 기우뚱 솔개가 나는 시늉을 하며, 달이 날 따라올 수 없도록 이 쪽으로 저쪽으로 갈팡질팡 허튼 걸음을 내달리면 바람이 내 귓

불을 갈라 달보다 내가 먼저 지치곤 했었다.

　열일곱 내 나이, 음력 팔월 어느 밤이었다. 시국이 바뀌는 밤이라는 것 밖에, 우리 식구는 영문도 모르면서 몇 갈래로 나뉘어 서로 행방을 모르게 숨었다. 삽시간에 일어난 일이었다. 어머니는 나와 어린 동생들을 어느 농삿집에서 허름한 이불을 씌워 품고 계셨다. 웬 횡재냐고 달려드는 첫 대면하는 빈대떼에 몰려 오만 삭신을 움츠려야 했다. 무서워서 움츠려야 하는 움츠림보다 더 절실한 움츠림. 무섭게 쏘아대는 빈대 등살에 나는 그만 죽창문을 밀치고 토방에 내려섰다. 토방 밑이 바로 논이었다. 함초롬히 부어 놓은 이슬을 머금고 고개 숙인 벼이삭. 볏잎에서 부서지는 눈부시게 반짝이는 빛이 어디에서 나오는가 하고 고개를 들었을 때 파아랗고 시린 둥근 달에 놀라 나는 그 자리에 픽석 주저앉고 말았다. 요기 어린 달빛이 무서워 다시 앉은걸음으로 어머니 품으로 되돌아갔다.
　이튿날 아침, 무서운 마음으로 찾은 집은 오롯했다. 여기저기서 몸 털고 모여든 식구들도 아무 탈이 없었고 오빠만 빠졌다.

　그해부터 아버지의 제삿날이 된 동짓달 보름달. 둥근달을 올려다보시는 소복한 젊은 어머니의 시린 모습과 함께 떠오르던 보름달은 늘 '커다란 슬픔 덩어리' 이었다.
　"생전에 마음씨 좋더니 해마다 너의 아버지 제삿날은 포근하기도 하다."며 달을 올려다보시던 늙으신 어머니의 편안한 모습을 끝으로 나는 둥근 보름달을 잊고 살았다.

오늘 아버지 제삿상을 찾아가는 두 시간 남짓, 내 길안내를 스스로 맡은 둥근달이 아무리 아니라고 털어내려 해도, 깐 밤톨처럼 야문 새색시 얼굴이다. 보름달은 내게 오래도록, 칼날이 쏘아대는 푸른빛처럼 무서운 빛으로 남아, 젊은 날 조바심과 괴로움의 뿌리였다. 그런 보름달이 문득 새색시 얼굴로 보이는 것은 왜일까? 좋은 세월 앗아간 것이 미안했음일까?

'젊은 날 내 어머니 모습'으로 간직하고 싶다.

어머니 마음이 이랬구나

얼마 앞서부터 무릎이 아팠다. 여느 때처럼 침이나 한번 맞아 보면 풀리려니 했던 것이 철이 바뀌어도 풀리지 않아 병원을 찾았다. '퇴행성 관절'이라서라고 한다. 아주 많이 아프면 수술할 수는 있어도 이만한 아픔에는 진통제밖에 약이 없단다. 나는 아무 말도 못하고 앉아만 있었다.

"병에는 아무 도움이 없습니다만, 약을 지어 드릴까요?"

"아뇨."

나는 고개를 젖고 나왔다.

시집와서 두 해 가깝게 친정집과는 먼 시집에서 살았다. 친정 어머니가 몹시 보고 싶던 어느 날, 큰형님 집에 제사가 있어 가게 된다는 것을 알았다. 큰형님 집은 친정집과 가까운 도시에 있다. 나는 부랴부랴 어머니께 큰형님 집 대문 밖에서 잠깐 뵙자는 편지를 올렸다.

어머니는 오고가는 사람무리 속, 멀리서 대문을 바라보고 서 계셨다. 나는 어머니 치마폭에 감겼다. 어머니는 내 얼굴만 보시고,

"답장해도 받을 겨를이 없겠기에 나왔다."

"제찬을 만들다가 이렇게 나오면 안 된다. 제찬은 온 정성 다 들여야 하는 것이여. 내가 바라보고 있을게, 뒤도 돌아보지 말고 얼른 들어가거라."

새털처럼 가볍던 내 마음은 물바가지를 쓴 듯했다. 돌아서는 어머니의 뒷모습을 바래 드리지도 못한 채, 근엄한 어머니의 얼굴에 눌려 내가 먼저 돌아섰다. 대문에 들어서며 뒤돌아보니 그때서야 어머니는 머뭇머뭇 돌아서셨다. 그런데 그 발걸음이 예사롭지 않았다. 절룩거렸다. 나는 되쫓아 갔다.

"어머니 왜?"

울먹이는 내게 괜찮다고 하시며 철이 바뀔 때에만 잠깐 이러다 갠다고 어서 들어가라고 되쫓았다.

그런 어머니의 병력을 지금 헤아려 보니 나보다 거의 이십 년이나 앞선 관절염이었다. 그러고 보면 나는 어머니보다 건강복을 이십 년이나 더 누렸다. 몇 해 앞서 여러 친구들과 대둔산 관광호텔에서 하룻밤을 묵었다. 새벽에 해돋이를 구경하자는 내 말에 무슨 소리냐는 듯이 모두 나를 빤히 바라봤다.

"그럼 이 비싼 호텔에서 왜 잤냐?"

"좋은 공기 마시며 이야기하는 것이지 뭐."

하며 친구들은 다리 아픈 사연들이 늘어졌다.

"방에서 좋은 공기가 마셔져?"

나는 친구들 하소연을 매몰차게 뿌리치며 산행을 채근하였다. 한 친구는 아예 절룩거리며 걸었다.

나는 병원 문을 나서며 이제야 그 친구들의 아픔을 마음으로 느꼈다.

'너희가 이렇게 아팠구나.'

그 친구들의 아픔을 나는 '늙어서 그렇다'고 쉽게 단정했는데, 이제 내 늙음이 왜 이렇게 낯선 것이냐?

내가 한창 산을 찾을 때였다. 지리산에 새길을 내려고 군데군데 산을 헐어내고 있었다. 우선 오솔길이 흐트러지는 것도 싫거니와, 산에 차를 불러들이면 나무가 숨쉬기 어려워질 것이 마땅치 않았다. 한 사람은 ○○○가 전북의 명산 맥을 끊어 전북의 인재를 말살하려는 속셈이라는 무서운 말을 하던 기억이 어제 같은데, 이제 내가 그 찻길을 고마워할 때가 있겠구나……

오늘 아침 미국 지사에서 일하는 아들한테서 전화가 왔다. 전화를 받는 나는 아픈 데가 없었다. 아들은 내게 자꾸 이 말 저 말을 시켰다. 나는 그만 아프다고 털어놓고 말았다. 나는 이내 마음을 거두고 가볍게 아무 탈 아니라고 다시 씻어 덮었지만 아들은 기어이 병명을 밝혀내고야 말았다. 아들은,

"이곳에서는 퇴행성관절염을 어떻게 다스리는지 제가 알아볼게요."

전화는 끊겼다. 어쩌다가 말문이 그쪽으로 열렸는지 후회스럽다. 뒤돌아보지 말고 얼른 돌아가라고 철없는 딸을 고깝게 꾸짖던 종이 호랑이셨던(지금 생각하니) 어머니. 내 어머니 마

음이 이랬었구나.

　단풍이 곱게 물들어 간다. 나뭇잎은 헤어지는 아픔을 속으로 삭이며 많은 사람을 기쁘게 한다. 황홀하기까지 한 단풍을 보며 내가 떠날 때도 저럴 수는 없을까?

　이런 단풍을 부러워해서 내 것으로 만들고 싶다.

그분

그분의 다리는 새 다리였다. 깡마른 그 다리로 늘 종종걸음이시다. 그 다리 어디에서 저리도 바쁘게 움직일 힘이 숯는 것일까?그분을 뵐 때마다 궁금하다.

한국전쟁이 일어나기 바로 앞까지는 그분의 여린 몸 추스르는 것만이 그 집의 걱정거리였다. 전쟁으로 갑자기 가장을 잃게 되자 그 가냘픈 다리에 그 집안 모든 짐을 싣게 되었다. 시동생까지 일곱 학생이 있는데다가 갑작스런 변고에 심장병을 얻어 세 해를 누워 계시다 떠나신 시어머니와, 이어서 항문암이란 난치병으로 병원에서도 치료하기를 거절한 시아버지의 병을, 그분은 좋다는 담방약은 하나도 빠트린 일이 없었다.

여섯 남매는 그분마저 몸져누우면 어쩌나 하는 걱정으로 그분께 걱정을 끼칠 일은 말 못하고 저마다 삭히며 살았다. 돈이 있어야 하거나 찬거리를 사려면 사방 어느 쪽으로든 이십 리를 걸어야 장을 볼 수 있는 시골이었다. 그분이 장에 갔다 와 장봇짐을 푸실 때는 누워 계신 분께 하나하나 보여드리며 얘기를 한다. 여섯 남매도 어쩌다가 내 것은 없을까 하는 기대로 넘겨

본다. 그분은 갑자기 한 꾸러미를 시아버지 뒷켠에 말없이 밀어 넣으시고 한 꾸러미는 다급하게 보자기로 가리시는 것은 아이들에게는 보이고 싶지 않은, 할아버지만 드릴 고기 꾸러미와 군것질감이다. 장봇짐을 구경하던 아이들은 눈에 도는 눈물을 감추려고 그 자리를 뜬다.

"나는 신발이 다 떨어졌는데……"

"나는 수업료가 밀려 종례 시간마다 선생님이 이름을 부르는데……"

"나는……"

"나는……"

다 바쁜 사연들을 마음으로만 세며 흐르는 눈물을 주체 못한다. 여섯 남매는 갑자기 아버지를 잃고, 한 분인 그분마저 언제나 당신 슬하는 뒷전이고, 삼촌과 할머니 할아버지만 챙기신다는 원망이 앞섰다. 서로에게 얼굴을 보이지 않으려고 서로 등을 지고 눈물을 다스리는 방에 그분이 들어오시니 얼른 눈물들을 훔친다.

"야들아, 어미가 장에 갔다 오겠다고 인사드리고 돌아올 때까지 할아버지는 장에 있는 온갖 것을 다 떠올리고 계셨을 텐데 내가 빈손으로 오면 얼마나 허망하시겠냐."

하고 말하시는 그분의 입은 웃으시고, 아이들의 힘든 사정을 다 아신다는 뜻으로 자상한 눈길로 하나하나를 어르시지만 애써 띄운 그분의 웃음 짓는 입술 끝이 떨림을 보고 아이들은 입술에 걸린 불만을 눈물과 함께 삼켜 버릴 수밖에 없었다.

할아버지가 누워 계신 방에서가 아니면 집안 어디에서든 웃음소리가 새어나와서는 안 된다.

"지금 할아버지는 몹시 편찮으신데 웃음이 나와? 할아버지 방에 가서 할아버지도 웃겨드리고 웃어."

하고 타이르셨다. 그런 다짐에도 열?스물 안팎의 웃음이 헤픈 나이들이었다. 조금만 웃음소리가 새어나와도 어느 결엔가 그분의 손가락이 입을 다물라는 신호를 보내신다.

그때 그분의 그런 애틋한 보살핌으로도 할아버지의 항문에는 암종이 퍼져 살이 썩는 냄새를 막을 수가 없었다. 그런데도 그분은 방 안에서 할 수 있는 일은 다 시아버지 앞에서 하셨고, 여섯 남매도 그렇게 해야 했다. 학교 갔다 와서 혼자 밥상을 받게 되는 때가 있을 때, 아이들은 할아버지 방에서 밥을 먹지 않을 궁리를 해 보지만,

"안 돼, 밖에서 나는 그릇 소리 이야기 소리, 얼마나 궁금하시겠냐?"

그분 말씀에 토를 달 수가 없었다.

내가 아이를 둘 얻고 몸에 배지 않은 일에 파묻혀 있을 때 우연히 친정 동네 사람을 만났다.

"집의 어머니 효부상 타셨어."

나는 아무 말 못하고 눈물 주체를 못했다. 둠벙 어름을 깨고 시아버지 똥 빨래를 하시던 언 손이 먼저 떠올라 왔다. 남들도

치하하는 그분을 한번도 마음 놓고 찾아뵙지 못하고……

서둘러 그분께 뵈러 갔다.

"상을 타시면서 저희들에게도 알리시지……"

하자 손자를 어르시던 웃음을 거두시고,

"어떻게 알았냐?"

나쁜 일을 하다가 들킨 애같이 당황하신다.

"상은 무슨 상이냐. 다 못해 드린 한이 남는데…… 성화에 못 이겨 죄인같이 끌려나갔다 만, 그 생각을 하면 지금도 얼굴이 화끈거린다."

하고 그 이야기를 자르시던 그분.

지금 그분은 천장 그림에 당신 발자취를 적고 계시리라.

"당신이 받으신 상보다 더 참된 상은 이 세상에는 없을 거예요. 부끄러운 상이 아니었어요."

그분 눈에 이 시대의 딸들은 얼마나 우습게 보일까? 그래도 한 번도 "옛날에는 이랬다"는 말씀이 없으신 그분. 함부로 어머니라고 부르지도 못하겠는 나는, 마음으로만 어머니를 부른다.

"어머니! 이 시대의 딸들은 다 매인 일로 바쁜데요."

석근이 아저씨

위아래 마을에서 가장 듬직하고 부지런한 아저씨가 우리 식구가 되겠다고 찾아오셨다. 오빠에 이어 아버지마저 어디에 계신지도 모르는 우리 집은 농사를 지을 엄두도 못 내고 있던 터에, 찾아온 아저씨를 영문도 모른 채 구세주를 만난 듯 맞아들였다.

아저씨의 유난히 크고 부리부리한 눈은 화가 났을 때는 무섭기도 하지만, 옹졸하지 않고 선선한 성품을 말해 주었다. 코끝은 한 일 자로 뭉뚝한데 크고 높아 큰 몸집과 함께 어울려 더 건장하게 보였다. 웃을 때는 입보다 코가 먼저 옆으로 벌어지고, 힘쓸 때나 화가 났을 때도 코가 먼저 옆으로 퍼지는, 우리 식구에겐 그지없이 정겨운 얼굴이다.

할아버지 할머니가 '석근이, 석근이' 하시는 바람에 우리는 어른의 이름이란 생각도 없이 '석근이 아저씨' 라 스스럼없이 불렀다. 아저씨는 수다스럽지 않으면서 툭툭 던지듯 하는 재치 있는 말솜씨로, 푹 가라앉은 우리 집 분위기를 곧잘 바꿔 놓았다. 아저씨는 옆마을에 새색시를 둔 가장이기도 했다. 아저씨는 언제나 아침 일찍 쿵쿵쿵 힘있는 발자국 소리로 우리 집 새벽을 열었다. 그러던 어느 날 늦은아침, 허둥대며 빗자루를 챙겨들자, 성질이 불같은 할머니는 빗자루를 움켜잡고,

"이렇게 일하려거든 그만두어!"

하고 호통을 쳤다. 아저씨는 할머니와 비를 맞잡고 어이없다는 얼굴로,

"왜 이러실까, 모르셔도 한참 모르셔."

불쑥 말할 때 넓은 코끝이 옆으로 퍼짐은 화가 난 증거다. 그러나 할머니를 보는 눈길은 어리광이 어렸다.

"맨날 보리밥만 주면서."

아까와는 다른 낮은 목소리로 속삭이듯 하는 말에 할머니 팔은 힘을 잃었다. 할머니는 형편이 어려워 아저씨 밥상이 허술한 것을 늘 안타깝게 생각하는 터였다. 그런 정곡을 찌른 것이다.

아저씨는 누가 일을 시켜서 하는 분이 아니다. 우리 집은 아저씨에게 일에 가리탈 사람이 아무도 없었다. 일에서는 우리 집 주인이셨다. 그날도 논에 급한 물꼬를 먼저 보고 마당을 쓸려던 참이었다. 할머니는 늦잠자고 허둥대는 것으로 아셨지만, 아저씨는 해명 대신 보리밥 투정으로 할머니 기를 꺾었다.

할머니는 '누가 너더러 오라고 했냐' 는 생각이 스쳤을 것이다. 아저씨는 동네 사랑방 가득 앉은 일꾼들이,

"그 집에 가서 머슴 살면 새경이나 제대로 받을지 몰라."

하고 꽁무니빼는 야박한 인심에 화가 나서,

"여기 누가 그 집 덕을 보지 않고 산 사람 있소! 새경을 못 받는 한이 있어도 내가 가서 살겠소."

하고 자원해 온 속을 우리 식구는 아무도 몰랐다. 아저씨도 모르는 것이 있다. 할아버지는 언제나 당신 밥상에서 먹을 만한 반찬을 보면, '일하는 사람을 허술히 대접하면 안 된다.'고 하시며 다 아저씨 밥상에 더해 놓으셨다. 아저씨는 언제나 우리 집에서 가장 맛있는 밥상을 받는다는 것을 모르셨을 것이다.

일꾼을 많이 얻어 만두레(벼논 마지막 김매는 일)를 하는 날, 유난히 아저씨 참게 타령이 높다.

"대족은 이족이요, 소족은 팔족이라, 앞뒤 철갑하고, 두 눈은 깜정하구나. 앞으로 보니 보습이요, 뒤를 보니 가마솥이라. 솥을 확 열고 보니 된장이 꽉 찼구나!"

손에 걸리는 참게를 잡아 풀잎으로 발가락을 꽁꽁 묶으며 보물을 얻은듯이 신명이 나서, 당신이 얼마든지 지어 부르는 노래다. 집에 들어서자, 이쪽 저쪽 호주머니에서 게를 꺼내어 손수 씻어, 넓은 놋양푼에 산 게를 쭉쭉 찢으며, "고추장 더, 참기름, 깨소금!" 큰소리로 양념을 외쳐 부르고, 이 밥그릇 저 밥그릇에서 고봉으로 올라온 밥허리를 잘라 넣고, 쓱쓱 비벼 이 사람 저 사람 입맛을 돋웠다. 아마 예전 같지 않은 우리 집 반찬을 걱정하셨으리……

농사일 가운데 가장 걸판진 것은 가을 등짐이다. 벼를 베어 논둑에 줄아리(논둑에 볏단을 한 줄로 세우는 일)를 놓았다가 되아리(볏단을 반대쪽으로 돌려 세움)를 놓아 볏단이 솔면(마르면), 삼사 동네 일꾼 다 모아 볏단을 모두 등짐으로, 마당에 마이산 같은 벼눌(탑)을 쌓는 일이다. 그날은 잔칫날이다. 바작을 떼어내고, 고작에 볏단을 산더미만큼 올리고, 말 한 마디 없이 "어허이어허이" 구슬픈 가락에 고된 숨결을 실었다. 반달음질로 내닫는 발소리와 볏단이 출렁거리는 소리는 마치 기러기 큰 무리가 머리 위를 스쳐 날아오를 때같이 장쾌한 싱싱함이었다.

봉두 말랭이에 이르면 우리 집 지붕이 보인다. 다같이 "자—!" 소리와 함께 지게를 내려놓고, 맨앞에 선 아저씨 지게에 작대기를 어깨 높이에서 지게고작에 쌍 십자가 되게 묶는다. 아저씨 팔을 쫙 벌려 작대기에 묶으면 마치 고행하시는 예수님 모습이다. 아이들이 집에 몰려와 "아저씨 큰일났어요!" 큰소리로 알리면 할머니는 다급한 마음에 치마꼬리를 연신 허리춤에 치켜 꽂으며, "우리 석근이 풀어 주게!" 발걸음보다 고함소리가 앞섰다. 그 고함소리가 신호인 양 그때부터 "어서 가자!"고 오히려 재촉이고, "아이고 나 죽네!" 구성진 가락으로 하는 아저씨 호소에, 더 바빠진 할머니는 달려가 아저씨를 덥석 안으신다. 닭을 몇 마리 달라거니, 몇 마리 주겠거니 새참거리 흥정이 바삐 오고가고, 할머니는 톡톡한 흥정을 하고서도 시원히 웃으며 아저씨 팔을 풀게 하셨다.

아저씨만 보면, "이게 뭐야? 이게 뭐야?" 쫓아다니며 말을 배우는 막네, "우리 아저씨가 세상에서 가장 힘이 세다."고 자랑하는 그 위 동생, 학교에서 수업료 독촉을 한 번만 들으면 땀을 뻘뻘 흘리며 울어대던 동생들, 논에 물꼬 한 번 볼 사람 없는 집. 도무지 나 몰라라 못하셨을 것이다. 해마다 논밭이 줄어들며 어머니가 어린 자식들에게 눈을 돌리고, 일어서기까지 몇몇 해나 걸렸을까?

지금도 한가위가 되면 객지에서 성묘 오는 우리들을 보시려고, 아저씨는 어른들 묘역으로 오신다. 어느 해 우리 네 자매들의 뒤늦은 성묘를 먼발치에서 지켜보시다가 기척없이 다가오셨다.

"어머! 아저씨!"

우리들 반가운 함성에 아저씨다운 웃음으로 옛 세월을 불러세웠다. 권하는 술잔을 앞에 놓고,

"나, 술 먹고 싶어서 여기 오지 않았어요."

"알지요! 아저씨."

아저씨는 우리에게 잠깐 눈길을 주시다가 먼산을 바라보며,

"나는 지금도 홍우네 누님들 이야기를 하지요."

"아저씨, 지금도 저희들 흉을요?"

늙으셨지만 짓궂은 웃음을 머금고,

"예—, 거엄난(엄청난) 흉을 보지요."
우리는 모르는 우리들 어떤 모습을 지금도 자랑하신단다.

나는 살아가면서 '의리 있는 사람'이라는 말이 나올 때면 아저씨를 생각한다. 우리 집 어른들은 아저씨에게 고맙다는 치하할 마음을 비칠 사이도 없이 서둘러 세상을 떠나셨으리. 맏이인 나는 어려운 고비 넘겨 주신 따뜻한 아저씨께 늘 고마운 마음 지니고 산다. 그런데 거꾸로 지금도 아저씨와 아주머니는 만나기만 하면 뭐라도 챙겨 주시려고 실랑이시다.

"도시사람들은 이런 것도 다 사서 먹는담서."

아저씨는 아들딸이 다 튼튼하고, 제 살림 잘 꾸려가며 효심이 대단하다고 자랑이시다. 팔순을 넘긴 나이로도 튼튼하신 아저씨. 얼마나 다행인지……

산소만 남기고 다 떠나 버린 고향이지만, 그런 아저씨 아주머니가 계셔서 고향이 따뜻하다.

함께 사는 세상

남을 생각하는 마음

전철에 막 올라서자 자리에 앉은 우람한 젊은이와 눈이 마주쳤다. 그의 눈빛은 무엇엔가 흔들리는 기색이더니, 곧 어깨를 피며 자세를 바로잡는다. 그가 바로앉는 자세를 보고서야 저 사람은 머리가 하얀 나를 보고 자리를 양보할까 말까 하는 마음 움직임이 있었구나, 하고 차창 밖으로 눈길을 돌리며 피식 웃었다.

내 머리카락은 갓 서른이 되면서부터 희어졌다. 한두 해는 흰머리를 뽑아내기도 했지만, 그 거추장스러운 염색을 오랫동안 했다. 회갑을 바라보면서 흰머리를 감추지 않고 산다. 길을 걷다 보면 한번도 본 일이 없는 사람까지도,

"머리에 염색 좀 하시지요."

하기도 하지만,

"내 눈에는 보이지 않아서요."

웃음으로 대답하고 만다. 이제는 늙음을 받아들일 때도 됐다고 생각한다.

그런데 버스나 기차를 탈 때만은 자리에 앉은 사람에게 불편

을 주는 내 머리카락이 검게 보였으면 좋겠다. 나는 아직 자리를 양보 받고 싶은 마음이 그리 없다.

언젠가 기차에서 만난 할머니를 지금 다시 본다면 그렇게 늙지 않은 사람일지도 모르겠다. 그때는 이리도 늙은 분이 무슨 볼일이 있을까, 하며 내 자리를 양보했다. 그리고 싸 가지고 간 점심까지 대접했는데 맛있게 자시고, 나를 세 시간 동안 세워 두고도 인사 한 마디 없이 아랑곳하지 않았다. '나는 늙었으니 이런 대접은 당연하다'는 유세가 엿보였다. '나는 늙으면 둘레 사람한테 딱한 눈길을 받는 대중교통은 무슨 일이 있어도 타지 말아야지.' 하고, 그때 그 할머니 옆에서 다짐했던 생각이 났다. 그때는 내가 퍽 젊었나보다. 피천득 님 글에 "나는 어려서 할아버지라는 사람의 종류가 따로 있는 줄 알았다."고 나오듯이, 나도 실제로 내가 늙을 것이란 생각은 못하고 한 다짐이었으리라. 그때 다짐대로라면 지금은 아무 곳에도 가지 말고 집에만 있어야 한다. 그런데 그럴 수도 없고 그러고 싶지도 않다. 이것이 때에 따라 바뀌는 억지인가 보다.

전철을 갈아탔다. 이번에는 차에 오르자마자, 덩치 큰 첼로를 안고 앉아 있던 여학생이 벌떡 일어나 자리를 내어준다. 나는 덩치가 큰 첼로가 다칠세라 한사코 거절했지만 그 학생은 끝내 자리를 내게 내어주었다. 첼로를 내게 맡기는 것조차 미덥지 않았던지 첼로를 세워든 채 서 있는 것이다. 사람이 오르내릴 때마다 첼로가 다칠세라 바늘방석이다. 앞과 옆에 앉은 사람들은 한결같이 눈을 감고 있거나, 눈을 뜨고 있는 사람도 눈길이 오고가지 않는다.

나는 작은 텃밭을 가꾸며, 토종씨앗이나 색다른 씨앗을 찾으려 산골장 구경도 가고 들길도 걸어 보곤 한다.

그날도 장 구경을 갔다가, 산골 장은 일찍 섰다가 점심 앞서 파한다는 것을 모르고 늦게 나서서 장 구경을 놓쳤다. 후줄근한 마음에 옆에 있는 배를 타 보기로 했다. 운암강은 넉넉한 가을을 머금고 도도히 흐르고, 같은 배에 탄 농부들은 낯선 내게도 가까워지기를 바라고 있다. 어데 가느냐, 무슨 일로 누구네 집에 가느냐. 처음에는 여기에 배가 있어 한번 타 보고 싶어서 탔다고 건성으로 대답했다. 그래도 배에 탄 사람들은, 무슨 말인가 하고 싶은 눈길을 늦추지 않는다. 이들과 무슨 말코를 틀까 생각하다가 총각면장이란 별호가 있는 사촌형부를 떠올렸다. 형부 이름을 듣자 반색을 하며 장에서 찾는 물건을 자기들 집에서 찾아보라고, 집까지 안내 받았다. 나는 겉이 울퉁불퉁하고, 된장빛 나는 토종 단호박 씨와, 떡맨드라미 씨를 찾았다. 그런 종자를 알기는 아는데 여기서도 지금은 구경할 수 없단다. 아무 낯가림 없는 강 같은 마음이다.

너무 많은 사람 속에서 살아가는 도시사람들은 사람을 덜고 싶은 마음이고, 시골사람은 보태고 싶은 마음이 다르달까? 그

것보다도 남을 맞아들일 마음과, 자기 속으로만 파고드는 마음이 달라서일 것이다.

사람들은 때때로 마음과 다른 인사말을 하는 때가 있다. 작은 일이지만 그런 버릇이 모여 남을 믿지 못하는 마음이 생기는 것은 아닌지? 윗사람이면 덮어놓고 자리를 양보해야 한다는 억눌리는 마음보다는 둘레를 살필 수 있는 마음이면 좋고, 인사치레가 아닌 거절은 기꺼이 받아들였으면 한다.

'요새 젊은이들은 버릇이 없다' 고만 생각하지 말고 바쁜 내 아들딸을 생각하여 고생을 마다하지 않듯이, 늙은 사람도 할 수만 있으면 고단한 젊은이들에게 자리를 내어주는 마음도 있어야겠다. 자리를 양보 받고 마땅히 받아야 할 자리를 받은 것 같은 마음은 없었는지? 그리하여 건성인 인사치레는 없었는지? 나를 돌아보았다.

한때 늙은이들에게 시내버스 삯을 받지 않았던 때가 있었다. 추운 날 길가에 늙은이를 세워두고 못 본 체 달리는 차 속에서 편찮은 마음을 삭혔던 기억이 있다.

격식에 얽매이지 말고 서로를 생각하는 마음이 되면, 늙은이를 멀리하는 대신 정이 담긴 눈길이 오고가는 아늑한 자리가 되리란 생각이다.

옹기 냄새

가까운 대학 박물관에서 옹기 전시가 있었다. 박물관 문을 열고 들어서니, 들어가는 문 한복판에 큰 항아리가 소라(속이 깊고 갓이 넓은 큰 옴배기)를 덮고 서서 나를 반겼다. 나는 그 항아리 앞에서, 이런 항아리가 즐비했던 곡간을 떠올렸다. 내 동생에게는 학교 앞 구멍가게에서 왕눈이 박하사탕을 사내라는 힘센 동무가 있었단다. 쌀이 돈이었던 그때, 동생은 항아리에서 쌀을 훔치려다, 곡간에 들어서는 어머니와 맞닥뜨렸단다. 어머니는,

"쌀을 뜨려 했느냐"

하시며, 아무 말 못하고 서 있는 동생에게 쌀을 한 남박 떠서 미처 감추지 못한 보자기에 싸 주시며,

"얼른 가지고 가라, 늦겠다."

하시는 바람에 엉겁결에 쌀을 받아들고, 오 리가 넘는 학굣길을 내내 울면서 갔단다. 야단치지도, '어데 쓸 거냐'고 묻지도 않은 어머니에게 부끄러워서 견딜 수가 없었단다.

"언니, 나는 그 뒤부터는 어머니를 속인 일이 한 번도 없었

어."

하는 동생의 옛생각이 잔잔하다.

그 뒤쪽에는 옛날 우리 집 장독대를 그대로 옮겨 놓은 듯했다. 투박한 손가락으로 그렸음직한 갈매기 문양인 배 불룩한 항아리들, 맨 뒷줄 큰 항아리에는 간장 담가 금줄 둘러치고, 뚜껑을 열어 해바라지도 해 놓았다. 그 장독대 위를 내 어릴 적 이야기들이 나풀거린다.

그때도 간장을 담가 항아리 뚜껑을 열어 해바라지를 하고 있었다. 간장에 고기를 담가 놓기만 하면 장조림이 되는 줄 알았던 나는 마침 말코지에 걸려 있던 붉은 날고기를 내 주먹만큼씩 떼어 숯과 통고추가 떠 있는 간장 속에 넣었다. 그리고는 잊고 있던 어느 날, 간장을 가르던 항아리 속에서 붉은 날고기가 나오자, "이게 웬일이냐?"며 깜짝 놀라시는 어른들 모습에 나는 차마 똑바로 이야기를 못하고 숨어 버렸다. 그때까지 장조림이 되지 않고, 붉은 색이 생생한 날고기 채로 있는 것에 나는 속으로 더 놀랐고, 어른들은 왜 그리 놀라시는 줄을 몰랐다. 장 담그는 일을 성스런 의식으로 치르시던 어른들께, 날고기는 부정한 것으로 비쳤을 것이란 생각은 내가 자란 뒤에야 들었다.

언제나 맨 앞줄에는 팡파짐하고 키 작은 고추장단지가 있었다. 한 살 위인 삼촌과 나는 마늘 고동을 뽑아 고추장을 찍었다. 입이 매워지면, 이 항아리 저 항아리 뒤져 북어나 새우 말린 것으로 매운 맛을 씻던 일.

붙박이 찬장 밑, 으슥한 곳에 없는 듯이 자리 잡았지만, 끼니마다 한 줌 쌀을 받아먹는, 주먹 하나 넉넉히 놓일 만큼만 주둥이 벌어진 좀도리병. 부뚜막 따뜻한 곳에 앉은 홈대가 달린 촛병에 어머니는 가끔 따뜻한 밥 한 주걱씩을 넣을 때 본 '초눈(벌레 이름)'에 놀란 나는, 식초가 들어간 음식은 "다시는 먹지 않겠다." 다짐했다.

여름이면 동생과 둘이 들어가 목욕했던 큰 소라, 이모저모 멋을 부려본 굴뚝막새들, 야트막하게 놓인 토담집 굴뚝막새에서 모락모락 피어나는 연기에 언 손 녹이던 내 동무들.

늘 불씨를 품고 있어, 밖에서 들어오는 사람들이 즐기던 질화로, 지게 바작 편한 자리가 모자라면, 벌어진 병목이 새끼줄에 묶여 지게 바작 밑에 대롱대롱 따라가던 술병, 물병.

질그릇이지만, 대청마루 마른자리에서 양반입네 뽐내던 양병들, 양병은 주둥이가 넓어 무엇이든 넣기가 좋으나, 목은 손 하나 겨우 들어갈 만큼 가늘어서 팡팡한 뱃속에 무엇을 잔뜩 넣고, 갈무리하기가 좋았다. 할머니는 명주실타래를 넣고 좀 슬지 않게 병목을 꽁꽁 막아 간수하시고, 어머니는 꾀꼬리빛 꽃주를 간수하셨다.

섣달 그믐날 시루떡 쪄 놓고, 시루 속 한가운데에 들기름 접시 앉혀, 그 속에 솜으로 심지 부벼 식구 수대로 빙 둘러 불 밝히던 중시루, 조무래기들은 서열 따라 네 불 내 불을 정하고, 내불이 더 크다고 우김질도 대단했다. 날마다 아침 첫 두레박

물을 부뚜막 윗단 치성대 위에 떠 놓던 작은 공동이, 동네 코흘
리개들 몰려드는 곳에는 큰 동이 반 만한 동이에 물을 가득 떠
놓고 바가지 엎어 수저 모서리로 바가지 궁둥이를 동동 치며
빌던 반동이가 있었다. 이렇듯 옹기는 조상의 숨결이며 배어나
는 향기다.

거기에 나이가 가장 낮은 연탄 겉확 두 점이 있었다. 물기 나
는 아궁이에서 연탄확을 감싸는 겉확이다. 옛 그릇하고 한 자
리에 놓고 보니 퍼석해 보였다. 실제로도 약해서 제구실을 못
해 내 젊은 날 애를 태웠던 일이 생생하다.

양은, 스테인레스, 합성수지까지 가볍고 질긴 재질에 밀리다
가 마침내는 몸에 나쁜 유약 문제까지 번져 밀려났던 옹기그릇
이다. 이젠, 늘 달라지지 않고 숨을 쉬어 사람 몸에 좋다는 과
학의 뒷받침을 받으며, 뜻있는 분들이 시대 감각에 맞게 새로
빚어낸 찻잔과 장식품 들이 끝자락에 놓여 있어 마음 든든하
다.

내가 옹기 우물확이나, 옹기 연적, 괴나리봇짐 속에나 들어
갔음직한 작은 옹기 물병, 장군, 옹기관 앞에서 낯설어 하듯,
내 아들 딸들은 이 옹기 앞에서 얼마나 낯설까?

나는 독을 몇 점 가지고 있다. 젓갈과 삼장(간장, 고추장, 된
장)을 담그는 것 말고 햇볕이 가장 잘 드는 곳에 자리잡은 우리
집에서 첫째로 큰 항아리를 나는 소중히 여긴다. 날씨가 좋은
날을 골라, 그 속에 메주콩을 삶아 소쿠리에 담아 두고, 사나흘

이 지나면 맛있는 청국장이 된다. 메주도 겉의 물기를 말린 뒤에 헌 옷가지나 담요에 싸서 그 항아리 속에 넣어 두고, 가끔 물기가 너무 많다 싶으면 하루 볕을 쐰다. 그렇게 갈무리하면 겨우내 군냄새 맡지 않고 맛있는 음식을 얻을 수 있다. 또 요즘 집은 따뜻해서 겨울에도 곡식에 둥이(바그미의 한 종류 팥 종류를 먹이로 한다)가 생겨, 처마 밑 서늘한 곳 항아리에 밭곡식을 갈무리하기도 한다.

외국에서 사는 동생은 우리 옹기 항아리 몇 점 가질 수 있다면… 하는 소원이 있단다. 한 해 내내 햇볕에 내맡겨도 음식이나 그릇이 달라지지 않는 큰 그릇이 외국에는 없다고 한다. 이렇게 좋은 우리옹기가 온 세상에서 인정받는 날이 있기를……

호박덩굴은 복날 매를 맞아야

나는 쓰레기 가운데 자연물쓰레기를 소중히 여긴다. 자연물쓰레기를 바꿔 말하면 썩는쓰레기다. 지난봄부터 여름 내내 말리기 쉬운 자연물쓰레기는 바짝 말려 빈 항아리 속에 간직하고, 말리기 어려운 것들은 흙속 깊이 묻어 놓는다. 벌레와 냄새가 줄어드는 김장철이 되면 김장쓰레기와 가랑잎에, 그동안 모아 두었던 쓰레기들을 한데 모아 꽃밭 한구석에 두엄자리를 만들어 놓는다.

해마다 이른봄이 되면 그걸 추려 보는 재미가 있다. 잘 썩어 역겹지 않고 구수한 퇴비가 두어 부대쯤 된다. 그걸 꽃밭에 나무들 얼굴빛을 살펴가며 나눠주고, 나머지로 오이와 호박, 박 한두 붓을 처마 밑에 놓는다.

호박덩굴이 꽃밭을 덮지 못하게 지붕 난간에 노끈을 매어, 한 자락을 오이 호박 그루터기 옆에 매어 둔다. 오이호박은 좋아라 그 줄을 타고 지붕 쪽으로 올라간다. 지붕까지 올라가기 앞서 피는 곁순은 잘라내고 원순만 기른다. 지붕에 올라서면서부터는 마음대로 곁순도 자라게 한다.

꽃밭을 다듬을 때 생긴 나뭇가지들을 통째로 지붕에 깔아 주면 시멘트에서 올라오는 열기도 막아주려니와, 덩굴손 손잡이가 되어 바람에 쏠리는 일 없이 줄기가 안심하고 자리잡는다. 호박순이나 박순은 안심하고 손잡을 곳이 없으면, 맺었던 열매도 다 털고 열매를 맺지 않는다.

지붕에 줄기가 가득할 쯤에는 땅에서 지붕까지는 박잎이나 호박잎은 다 말라 떨어지고, 가느다란 줄기가 곧바로 지붕에 올라가 있다. 처음에 놓아 주었던 노끈마저 걷어내면, 집안에 호박 놓은 자취가 거의 없다.

우리 집 지붕을 굽어보는 사람은 대체 무슨 재주로 흙 한 줌 없는 지붕을 푸른빛으로 가득 덮었느냐고 묻는다. 방죽에 연잎이 가득 핀 것같이 푸른빛이 싱그럽다. 아침에 눈을 뜨면 그 싱싱함이 맨 먼저 나를 부른다. 덩굴손을 치켜들고 이슬방울 헤치며 달리는 듯한 호박순에선 물살 가르며 떠나는 뱃고동 소리를 떠올리기도 하고, 하늘로 오르는 용의 수염도 떠올린다. 호박잎에 맺힌 이슬방울에서 부서지는 햇살에선 내 어릴 적 할머니를 생각한다. 할머니는 맑게 빛나는 구슬을 이고 고개든 호박순에게 다가가 가느스름한 회초리를 높이 치켜들고 힘껏 내리치는 시늉을 하시다가 겨우 이슬만 떨구며, "호박을 많이 내지 못하면 박살을 낼 것이다." 하고, 사람에게처럼 엄포를 하셨다.

놀라는 나를 돌아보시며 할머니는, "호박덩굴은 복날 매를 맞아야 호박이 많이 열리는 것이다." 하고 말씀하셨다.

오늘을 사는 우리는 모든 것이 사람의 힘이란 자만으로 자칫 자연을 업신여긴다. 한때 나는 '모 재벌 총수 금강산 개발 의지 밝혀'란 활자 앞에서,

'제발 산에는 손대지 말았으면' 하고 마음 앓았다.

아주 옛날이야기다. 두 칸짜리 긴 방 가득 모인 사람들은 새앙골할머니 금강산 이야기에 흠뻑 빠져 있었다. 도포 입고 갓을 쓴 선비가 서 있는 모습을 방금 보고 뒤돌아보니 그 선비는 간데없고, 바랑을 멘 중으로 바뀌었다는 이야기에선 모두 신비경에 빠져 있었다. 할머니가 보신 경치에 취해 얼굴이 붉어지며 말하는 모습에 반론을 펴는 사람은 아무도 없었고, 당신의 신비감을 말로 다 말할 수 없는 것이 안타까운 할머니는 생전에 꼭 한번 가 보라는 말로 끝을 맺었다.

금강산을 구경할 수 있는 일은 얼마나 좋은 일인가! 그 좋은 일이 천연 보배에 흠집을 낼까 두려웠다. 자연을 관광자원으로 개발하겠다는 말은 언제 들어도 가슴이 철렁하다. 자연은 자연 그대로일 때가 가장 아름다워서이다.

학창시절에 관동팔경을 구경한 일이 있었다. 동해의 쪽빛 물과 어우러진 낙산사 경관 숲과 바위의 조화에 흠뻑 빠진 기억은, 늙는 몸에 늙을 줄 모르는 보배였다. 그러다가 몇 해 앞서 다시 찾은 낙산사는 빛바랜 사진첩으로 발 아래서 뭉개지는 아픔이었다.

그리 높지도 깊지도 않은 그런 곳에 아스팔트길이 왜 있어야 할까? 몇 십 몇 백 년을 자란 숲을 어떻게 그리 쉽게 벨 생각을 했을까? 통탄이 절로 났다. 더구나 생명이 있는 아름드리 소나무가 검은 아스팔트를 형틀로 쓰고 목 늘이고 서 있는 모습은, 차마 바로 볼 수가 없었다.

그 좋은 경관에 아스팔트와 시멘트를 불러들여 금방 속물로 끌어내리는 것은 어느 누구의 생각이였드냐? 옛 선비 정신은 다 어데 가고, 우리 사회가 겉 핥기 문화만 키워 가는 건지 알 수 없는 일이다.

명소와 가까운 곳에 위락시설이 있는 것을 마다할 사람은 없을 것이다. 그러나 명소를 해치는 개발은 안 된다고 생각한다. 나무 한 그루라도 다치지 않도록 여러 길이 나는 것을 막고, 오히려 오솔길을 살려야 한다. 자연현상은 거부할 수 없으니 알맞은 곳에 이름 그대로인 걱정거리를 풀어 버리는 작은 해우소를 두는 것은 어쩔 수 없겠다. 아주 어려운 고비에 손잡이를 놓는 것도 두려운 마음가짐으로 작은 크기에 큰 효과를 꾀하는 슬기가 번득였으면 좋겠다.

등산을 해 보면 억지스레 닦아 놓은 길이 불편하다. 몇 백 년 비바람에 닦인 자연길이 걷기에 훨씬 좋다고 몸이 먼저 느낀다.

옛 어른들은 풀포기 하나도 영물로 여기며 조심스럽게 사시던 정취가 부럽다. 내게는 복날에 호박 줄기에 매질할 만한 순

수성은 없다. 그러나 풀 한 포기에서도 조물주의 솜씨에 고개를 숙인다.

이 고개 숙이는 마음이 있어 인류는 먹고 마시는 일 말고도, 예술을 꽃피우고 어려움을 딛고 일어서는 힘이 생기는 것이라 믿는다. 썩는 쓰레기를 소중히 여기는 마음도 실제의 소득을 넘어, 그런 자연을 두려워하면서 우러러보는 마음일 것이다. 어렵게 얻은 박씨는 해마다 덩실한 바가지를 내게 선물한다. 군것질그릇, 쌀바가지, 마른 쓰레게통이 되다가 때론 물바가지도 된다. 임자를 만나면 풍란을 키워내는 집도 되고, 그림이 실리거나 맨얼굴로도 훌륭한 벽장식거리가 된다. 더러워진 바가지는 물을 부어 쑤세미로 싹싹 닦노라면 떨어지지 않겠다고 생떼를 쓰는 때꼽재기에겐 선선히 제 살점 내주고도 언제나 해맑은 얼굴. 후한 정 베풀고 소리없이 자연으로 되돌아가는 바가지. 석유 한방울 들어가지 않고 만든 훌륭한 그릇이다.

친숙한 벗이 찾아오면 나는 거실 말고 지붕에 있는 내 호박밭 머리에 안내한다. 한 아람이 벅찰 박과 둥근 호박이 있는 곳에 앉을깨 하나 놓으면 밀방석 정취가 난다. 그리고 애호박 하나 들려 벗을 배웅하는 맛을 덤으로 얻는다.

'생태 발자국' 이라는 말

받아든 산 지도를 펴보니 내 힘에 부치겠다는 생각이 들었다. 열두 시까지만 오르다가 내려오리라는 생각이라, 처음부터 가벼운 마음이었다. '증심사지구 관리사무소' 에서 증심사를 왼쪽에 두고 산에 올랐다. 오르는 길엔 눈도 쌓이지 않았고, 춥지도 않아 등에 혼혼한 땀을 느끼며 '중머리재' 까지 올랐다. 이게 웬일일까! '서석대' 쪽을 바라보니 온 산이 서리꽃으로 활짝 피었다. 내 마음까지 서리꽃이 핀 듯 상큼하다. 여기까지라고 못 박고 올라왔는데……. 그냥은 돌아설 수 없는 마음이다. 이럴 줄 알았으면 서둘렀을 것을.

'같이 온 사람들이 기다리면 어쩔까?' 젊은 사람이 늦어지면 웃고 넘길 일인데, 흰바구니인 나는 일행에게 '설마' 낙상이라도? '설마' 라는 걱정을 끼친다면, 체면이 서지 않을 것 같다. 늙은 설음이 이것이구나. 발길을 밑으로 잡아당겼다.

증심사 쪽으로 얼마를 접어드니 나무로, 돌로, 시멘트로 마치 간섭을 못해서 안달이 난듯이 여러 모양으로 길을 닦아놓았다. 또 불고기집은 왜 그리 많은지.

증심사로 들어가는 길은 잘 닦여 허름한 옷차림으로는 오를 수 없을 것 같은 층을, 나그네의 마음에도 두며 층층으로 쌓인 돌계단을 오른다.

여름엔 더위를 풀어내었을 환풍기며, 해우소란 이름의 수세식 변소. 어느 도시보다 더 도시답다. 나는 끝내 한 층 더 높은 층은 오르지 못했다.

내려오는 길, 골짜기 물소리가 반가워 소리나는 곳을 굽어보니, 시멘트로 철갑해 양쪽으로 깎아지른 듯이 쌓아올린 돌 축대 사이에서 붉고 푸른 이끼와 줄다리기를 하며 빠져나가는 물이 지르는 아픈 소리. 마치 새장의 새소리다. 나는 눈을 돌렸다.

어느 생태학자의 글을 떠올린다.

'생태 발자욱'이란 사람들 씀씀이가 생태계에 끼친 영향을 토지 크기로 따져본 지표다. 세계 여러 나라 사람들이 이런 씀씀이로 계속해서 살아갈 수 있을지를 조사하기 위해 '생태 발자국' 크기를 집계하는 글로벌 풋프린트 네트워크(Global Footprint Network)가 얼마 앞서 내놓은 자료를 보면, 현재 인류문명이 남기는 '생태 발자국'은 사람마다 2.2헥타르이지만, 자연자본량, 곧 '지구의 생산능력을 떨어뜨리지 않고도 사람들 씀씀이를 감당해 계속해서 나갈 수 있는 생태계의 생산능력'은, 사람마다 1.8헥타르로 나타났다.

1.8헥타르를 은행에 맡겨 둔 원금처럼, 해마다 1.8헥타르에

서 생겨나는 이자만큼만 쓰면, 지구의 생산능력을 앞으로도 지켜 나갈 수 있다. 그러나 현재 인류는 2.2헥타르의 '생태 발자국'을 만들면서 원금에 맞먹는 자연자본을 까먹고 있는 참이다. 같은 연구기관이 조사한 우리 나라 성적표는 훨씬 더 아찔하다.

우리 국민 한 사람이 한 해 동안 쓰는 '생태 발자국' 크기는 지구 평균 2.2헥타르를 훨씬 웃도는 3.4헥타르다. 하지만 우리 나라 땅은 한 사람마다, 자연자본량이 0.6헥타르에 지나지 않는다. 모자라는 부분은 수입으로 메우고 있어, 우리 국민 한 사람으로 말미암아 해마다 2.8헥타르의 '생태 발자국'이 다른 나라에 넘겨지고 있다. 생태 빚인 셈이다.

"더욱 심각한 현상은 우리 나라 국민의 소비를 뒷받침하기 위해 필요한 생산능력은 1960년대 초, 우리 나라 국토의 7할만 가지고도 충분했는데, 현재는 국토의 5.7배가 필요할 정도로 크게 늘어났다."

는 놀라운 내용이었다.

얼마 앞서 먼 나라에서 일어났던 지진과 해일을 볼 때, 우리 나라 바닷가에 자라는 바람막이 소나무를 베어내고 집을 짓게 한 일이 얼마나 잘못된 일인가에 생각이 미친다. 나무 한 그루는 밤 사이에 쑥 자라는 것이 아니지 않은가. 그런데도 지방자치마다 관광단지를 만들고, 길을 닦느라 베어지는 나무를 볼 때마다 가슴 쓰리다.

'교토의정서'가 효력을 나타내는 2008년부터는 우리 나라는 곧바로 간섭을 받지 않는다 할지라도, 간접 간섭이지만 '지구온난화 방지'의 압력도 받으리라. 그 학자는 다시,

"지금 우리에게 일인당 국민소득을 올리는 것보다 더 중요한 것은 '생태 발자국' 크기를 줄이려는 노력과 우리에게 주어진 자연자본 한도 안에서 사는 생활방식을 보급하는 일이다. 세계는 한정되어 있기 때문이다."

하고 끝을 맺었다.

많은 나무를 베어내고 산에 사람이 닦아 놓은 길은, 어떤 길이든 걷기에 안 좋다. 언젠가는 무너져내려 사람의 발등을 찍을 것을.

산에 사람이 할 수 있는 일이란, 다시 말하라 해도 여러 갈래로 길이 많이 나지 않게 다스리는 일과, 자라는 나무가 무엇 때문에 힘들어 하는지를 보살피는 일이라고 생각한다.

그런 일마저 나 몰라라 한다면 늘어나는 '생태 빚'을 어이 감당하려고.

쓰레기봉투

쓰레기봉투가 처음 나올 때는 흙에 묻히면 공해 없이 쉽게 썩는다고 했다. 일반 비닐과는 달리 참말 땅에 묻히면 공해 없이 쉽게 썩는 재질일까? 언제부터 우리 생각에는 '검다면 흴지 몰라', '희다면면 검을지 모른다' 처럼 믿지 못하는 마음이 잡풀처럼 우거졌다. 이 깨끗하지 못한 마음이 껍질을 깨기까지 얼마나 많은 세월과 정의가 더 묻혀야 하나?

쓰레기봉투가 여느 비닐봉지와 똑같은 재질이라면, 많은 돈을 들여 일부러 땅을 더럽히는 일을 부추기는 꼴이 된다. 쓰레기봉투 속에는 마구잡이로 버려지는 비닐봉투가 들어있다. 그런데 똑같은 재질의 봉투가 다만 오물세를 고르게, 손쉽게 걷어들이는 것과 쓰레기를 가지런히 포장하여 걷어가는 데 좋다는 까닭만으로 그 많은 공해를 일으키고, 재력을 헛되이 쓰는 것은 큰 낭패라 아니할 수 없다. 설령 그 봉투가 공해 없이 썩는다 하더라도 만들고, 옮기는 동안 벌써 많은 공해가 생긴다.

게다가 쓰레기봉투가 나온 날부터 생각 없는 자가용 족은 쓰레기를 모아 차에 싣고 다니다가 사람 눈이 뜸한 곳이면 아무

데나 버린다. 도시의 틈새 땅은 말할 것 없고, 골목길이나, 산과 들과 강까지 쓰레기투성이이다. 더욱이 한적한 시골길에 냉장고, 침대, 텔레비전들이 버려진 모습을 보면 주검을 본 것처럼 섬뜩하다. 겉으로 보이지 않게 땅을 파고 묻어 놓는 피해는 더 크다. 알아보지 못하고 얼마만큼 세월이 지난 뒤에 보게 되면, 땅은 이미 돌이킬 수 없는 형편에 이른다. 농사철에는 보는 족족 걷어내는 농부가 있고, 무성한 농작물에 가려 덜 흉하다가, 가을걷이가 끝나고 난 다음, 씨뿌리기까지 제철 만난 듯이 논밭에 쓰레기가 쌓인다. 버리는 사람 처지에서 본다면 가랑잎이 구르는 산과 들은 어차피 쓰레기장 같으니 쓰레기 좀 버린들 어떠랴 하겠지만, 들의 가랑잎과 농작물 찌꺼기는 모습만 다를 뿐 산과 들의 한 살붙이이다. 또 버리는 사람은 '거름이 될 것'이란 생각이 있을지 모르겠다. 그러나 농사꾼 처지에서 보면 참으로 반갑지 않은 침입물이다.

거름으로 쓰이는 쓰레기는 밥상에 올려지는 밥만큼이나 정갈하게 골라낸 다음이라야 쓸 수 있다. 비닐조각은 없느냐? 유리조각이나 건축폐기물은 아니냐? 화학약품이나 많은 소금기는 없느냐? 건전지, 깡통, 수은, 쇠붙이는 섞이지 않았느냐?…… 땅도 땅 나름대로 깨끗한 정성을 쏟아야 소화해 내고 살이 된다.

쓰레기봉지 한 장 값 아끼자고 쓰레기를 아무 데나 버리며 자기 딴엔 아무도 못 봤다고 슬그머니 웃음을 띠울지 모르겠다.

그러나 꿩이 숨을 때 제 눈만 가리듯, 밖에서는 본 사람이 없을지라도, 한 차에서 한 집에서 사는 자기 아들딸은 언제고 한 번은 봤을 것이다. 어떤 부모는 아예 일반봉투에 담은 쓰레기를 철없는 애들에게 들려 내보는 것을 볼 때, '저 어린것이 무엇인지는 모르지만 부당한 느낌이 드는 봉지를 들고 나가며 얼마나 마음 졸이고 창피할까' 생각하니 마음이 아프다. 아직 어리니까 아무것도 모를 것이란 생각은 자기 마음을 달래는 것일 뿐이다. 철없어 보이는 애들의 눈과 양심은 더 올바르다. 참말 너무 어려 그때는 못 느꼈을지라도 언젠가는 그 애 기억에서 살아날 날이 있을 것이다. 그것은 자기가 어렸을 때를 생각하면 알 일이다. 그런 상황을 떠나서라도 자기 돈 몇 푼을 아끼겠다고 겨울 한 철 쉬어야 할 농사꾼에게 무거운 마음을 주고, 곱은 손 불어가며 쓰레기를 줍게 해서야 되겠는가?

쓰레기봉투가 나타나서 얼마만큼 쓰레기가 줄었다는 사례에 마음 놓을 일이 아니다. 우리 옛말에 '손톱 밑에 가시 든 줄은 알아도 염통 곪는 줄은 모른다' 는 말이 있다. 어린 자식 눈에 옳지 못한 부모로 보이게 하고, 서로를 못 믿게 하고, 국토를 메마르게 하는 이 엄청난 피해를 주는 쓰레기봉투 쓰는 일이야말로 염통이 곪는 상황이 아니랴?

일제시대에 우리는 살아남으려고 거짓말을 했다. 그 거짓말의 씨가 잡풀처럼 우리 사회 구석구석에서 보이지 않게 자란 것은, 일제가 앗아간 것 가운데 가장 큰 빼앗김이다. 일제가 보이지 않게 우리 티끌 없는 마음을 빼앗아간 줄 아는 이가 얼마나 되랴? 그런데 거기에 우리 손으로 거짓을 저지를 거리를 만들어서야 되겠는가. 우리 사회 이것이 문제네, 저것이 문제네 하지만 가장 큰 문제는 '믿음이 없는 것'이라고 생각한다.

　지정된 봉투를 어김없이 쓴 사람은 쓰레기를 슬기롭게 줄이는 법을 깨달았으리라. 그 슬기를 익히는 데에 많은 교육비를 들인 것으로 생각하자. 그리고 거듭 말하지만 우리 양심과 땅이 더 메말라 버리기 전에 쓰레기봉투는 없어져야 한다는 생각이다.

산에 오르며

새봄입니다. 겨우내 땅속에서는 무슨 조화가 있었기에, 어느새
예쁜 들꽃들이 환하게 웃고 있군요. 머지않아 온 산을 연두빛
으로 새로 꾸미겠지요. 해마다 이런 멋진 모습을 베푸는 그들
에게 눈을 돌려 봅니다.

산에 오르는 길에 있는 나무뿌리는 몹시 아프겠군요. 사람의
발길에 채이고 채여 상처투성이가 된 투박한 손으로 무너져 내
리는 흙을, 죽을힘을 다하여 움켜쥐어 나무를 버티게 하고 있
군요.

상처투성이인 나무뿌리를 볼 때마다 혼자 해 보는 생각입니
다.비온 뒤 흙이 축축할 때 좋은 흙을 산에 오르는 어귀에 쌓아
놓고, 직광목으로 5킬로그램-10킬로그램들이 주머니를 만들어
놓습니다. 주머니에 아름다운 그림이나 기념될 글이 새겨놓는
다면 더욱 좋겠구요.

산에 오르는 사람 모두 자기 힘에 맞는 만큼 흙을 가지고 올
라가다가 자기 힘에 맞는 거리에서 나무뿌리에게 옷을 입혀 주
는 마음으로 덮어 주고, 다독여 주고 갑니다. 맨 뒤에서는 흙에

찰기가 생겨, 오래 버틸 수 있게 물을 주고 가면 더 좋겠지요. 해마다 한 번, 몇 해에 한 번 개미 무리가 되어 산에 한 점 흙을 나른 수고를 간직한 사람들은, 산을 사랑하는 마음도 남다르겠지요.

직광목주머니를 만드는 까닭은 우리도 이제는 한 번 쓰고 버리는 생각과, 한 번 쓰고 버리는 물건을 만들지 않겠다는 다짐입니다. '지속가능한 소비를 하는 것이 곧 절약'이라고 생각하니까요. 흙을 다 날라 놓은 다음에는 주머니를 시장바구니로 쓰고 싶은 사람은 가져가고, 쓸모없는 사람은 놓고 갑니다. 어쩌다가 땅에 떨어지는 일이 있어도 다시 주워 빨아 쓸 수 있고, 운수가 없어서 눈에 띠지 않더라도 자연섬유이기에 공해 없이 곱게 썩게 하려함입니다.

지난 오월에는 영암 월출산을 오를 기회가 있었습니다. 어느 산이나 들어가는 첫길은 세속과 인연 끊기가 아쉬운 듯, 시멘트나 아스팔트로 덮어 놓았던데, 이 산은 시멘트길이 아주 짧아 다행이었어요(시멘트길이 아예 없었더라면 더욱 좋겠구요.). 산에 일꾼들이 웅성거리기에 산에다 또 시멘트길이라도 놓는 줄 알고 개운찮은 마음으로 일꾼들을 살피며 갔습니다. 군데군데 큰 뭉치가 놓여 있고, 일꾼들은 그 큰 뭉치를 열고, 그 속에서 자잘한 마대흙주머니를 날라다가 나무뿌리를 덮고 있었어요. 패인 곳은 자잘한 돌을 모아 메우고, 그 위도 덮고 가네요. 시간이 가면 마대는 썩고, 마대 속 흙은 솔솔 빠져 돌

틈새를 메워 가며 한살이 되겠지요. 흙은 헬리콥터로 날라 왔나 봐요. 산에 손을 대는 것이 아니라 산길을 흙으로 북돋고 있었어요. 어느 사이 '내 생각을 훔쳐갔나 봐요!'

같이 간 후배 의홍이는 "맘에 드는 산 관리를 하네요." 하고, 우리는 오늘 따라 고마운 일꾼들과 나눌, 먹을 것이 배낭에 들지 않은 것을 아쉬워했어요. 어느 곳에 이르니 가파른 바윗길에 꺽쇠(옛날 못이 없던 시절에 집을 지을 때 못 대신 흔히 쓰던 'ㄷ자' 모양 쇠) 몇을 바위에 튼튼하게 박아 놓았어요. 오르는 사람은 손잡이와 디딤돌이 한꺼번에 되고, 내리는 사람은 디딤돌이 되네요. 또 어느 곳에 이르니 두 옆에 큰 바위 둘이 서로 배불뚝이 자랑을 하는 듯이 서 있었어요. 그 바람에 길 너비는 사람이 빠져나갈 수 없이 좁았어요. 누구나 발걸음이 멎을 수밖에요.

누가 'K' 자 사다리를 만들어 양 바위 사이에 기막하게 끼워 놓았어요. 길 너비가 가장 좁은 곳에 K자 오목한 곳이 끼이게 하여 두 바위를 아우르는, 기막힌 설치였어요. 영화에서 어려운 고비를 빠져나오는 군인들같이 한 사람씩 빠져나올 수 있었어요.

제 생각은 '산에는 손을 대지 않는 것이 가장 좋고, 어쩔 수 없이 사람을 돕는 물건을 세울 때는 두려운 마음가짐으로 작은 크기에 큰 효과를 꾀하는 슬기가 번득였으면, 그리하여 새집같이 자연과 하나 되는 손길이었으면' 했어요.

그런 제게는 얼마나 반갑고 귀엽던지요. 고된 줄을 잊었어요.
의홍이는 다시 말했어요.

"영암군수에게 표창장을 주든지 감사장을 줘야겠네요."

"그러게 말이야, 왼 산을 다 이렇게 간수했더라면 뒷날이 밝았을 것을!"

전북 완주군 불명산 화암사 들머리의 바위 벼랑과 그 사이에 흐르는 냇물을 살리고, 절에 들어갈 수 있는 쇠계단 147개를 '큰 것을 살리려는 작은 희생이라' 생각했듯이, 이곳 구름다리도 자연을 살리려는 어쩔 수 없는 희생이라 생각했습니다.

한 가지 아쉬운 것은 조각 공원이 너무 산 깊숙이 들어와 있고, 공원까지 길을 너무 잘 닦아 놓아 자연훼손이 많았으리라는 점이었습니다.

이 산을 가꾼 분께 고마운 마음이 가득한 기쁜 하루였습니다. 그 기쁨은 내 마음에 내내 자리잡는군요.

동양의 알프스를 꿈꾸며

시집은 그리 높지 않은 산밑 동네였어요. 대문 밖에는 골짜기 물이 흘러 양잿물과 쌀겨로 만든 비누를 들고 나가 어린것 기저귀를 빨았어요. 샛노란 아이 똥을 송사리떼가 서로 시샘하며 입을 벌려 받아먹고, 자갈을 들추면 가재가 도망치고요. 그때는 부엌에서는 쌀뜨물이나 밀가루로 그릇을 씻고, 어쩌다 나오는 곡식 삶은 물(콩, 보리, 국수 ......)도 다 좋은 비눗감이었어요. 버릴 물도 훌떡 버리는 일이 없이 구정물 그릇을 따로 놓고 받아서 가라앉힌 다음에 짐승에게 먹였습니다. 똥오줌을 버리는 일은 더더욱 없었고, 아침저녁으로 개똥을 주워모아 거름으로 썼으니까요. 그러니 개울물이 거울 같았지요.

지금 고향에 가 보면 숲은 예보다 더 좋은데, 개울물이 흐르던 자리에는 'ㄷ' 자 콘크리트관을 놓아 물길만을 텄고, 그 관마저 이끼가 자욱한 하수관이 되었답니다.

수세식변기에서 흐르는 물과 화학비누가 개울을 더럽히고, 농약과 화학비료까지 힘을 모아 개울물을 집어삼키고 말았어요.

우리 아이들이 자라는 동안에는 그나마 수돗물을 마음놓고 먹었습니다. 그때에 독일에서 사는 조카들이 왔다가 독일에 가서는 동무들을 불러놓고, "얘들아, 나는 한국이라는 나라에 가서 먹는물로 낯도 씻고, 목욕도 했다!"고 호들갑을 떨고, 모인 동무들은 놀랍고 부러운 얼굴로 눈을 크게 뜨고 듣더라는 동생의 전화에,

"한국이 얼마나 자랑할 것이 없었으면 그런 자랑을 했을까?"

하고 웃고 말았습니다.

그런데 지금은 우리 생각에도 먹는물로 낯을 씻고 목욕도 하는 것이 얼마나 큰 축복이며 자랑거리입니까? 더구나 독일은 물에 석회질이 많아 마실물은 나라밖에서 사오는 형편이니, 그런 그들에겐 그 말이 얼마나 요술세계 같은 말이었을까요? 깨끗한 어린것 눈에는 깨끗한 것부터 먼저 비쳤던가 봐요.

수세식변기를 쓰는 큰 절 옆에 있는 냇물에는 생물 가짓수가 줄고, 그곳을 벗어나면 다시 생물 가짓수가 늘어난답니다. 자연은 그렇게 너그러운 성품입니다.

옛날같이 살기는 어렵겠으나, 냇물을 끼고 사는 복된 마을에서는 개울물을 살리는 비누를 쓰고, 똥오줌을 모아 오롯이 삭혀 다시 쓸 수 있는 길을 찾아서, 똥오줌을 냇물에 버리는 일이 없으면 좋겠습니다. 유기질 비료를 쓰고 농약을 아끼고, 그리하고서도 냇물과 하수물이 섞이지 않도록 다스린다면, 아름다운 산과 맑은 물을 간직하겠지요.

　자원이 없는 나라에서 살아가자면, 공장에서 제품 하나를 만들고 내다 팔기까지 얼마나 많은 정성과 어려움이 있을까요? 그와 같은 정성과 어려움 옆에 또 한 가지 정성으로, 온 나라 사람들에게 자연을 사랑하는 올바른 길을 깨우쳐 알게 하는 일은 거기에 견준다면 그리 어렵지만은 않으리라 믿어요. 그리하여 알고 스스로 지킬 마음이 생길 때면, 아름다운 산과 맑은 물에 우리 나라는 자연의 보배인 파란 하늘까지 지녔으니, 온 나라 사람들이 튼튼해지는 것은 말할 것도 없고, 동양의 '알프스'가 되지 않을까요.

　마음 하나 바꾸는 것으로, 많은 자원을 갖지 않은 것이 오히려 복이 되어 '동양의 알프스'가 되는 꿈을 꾼답니다.

해우소

옛말에 처가와 뒷간은 멀수록 좋다고 했다. 그래서 변소는 울 안 북쪽 끝 깊숙한 곳에 두었다. 그때에는 밤에 먼 해우소를 찾는 불편을 요강으로 달랬다. 옛 어른들이 지금 우리가 사는 모습을 보면 '아랫목에서 밥 먹고 윗목에다 똥 싸는 것들이 사람이여?' 하실 테다.

내가 어렸을 때만 해도 비가 올 낌새가 있으면 채소밭에 삭힌 오줌을 거름으로 주었다. 더럽다고 찡그리는 우리에게 '제 오줌똥을 3년만 안 먹으면 죽는다'고 하셨다. 오줌이 거름이란 말에 요강의 오줌을 밭에 부으면 어른들은 꾸중을 하셨다. '삭히지 않은 오줌은 밭에 주면 안 된다'고 하셨지만, '똑같은 오줌인데 어째서 되고, 안 되는지? 어른들 일은 모를 일이 많아.' 그렇게 생각하고 잊어버렸다.

언젠가 어느 학자는 아무데나 사람이 오줌 한 번 눌 때, 삭히지 않은 오줌으로 흙이 산성으로 변하는 과정을 숫자로 보여주며 애타게 호소했다. 그 말을 들으며 옛 어른들은 과학으로 따져서 말할 수는 없었지만 '되고, 안 되고'를 또렷이 아셨다는 생각이 들었다.

　나는 산을 즐겨 찾는다. 어느 산은 산어귀부터 퀴퀴한 똥오줌 냄새가 나서 몸을 사리는 일이 많았다. 지금은 산을 찾는 사람이 많아 곳곳에 뒷간이 있지만, 아무 데나 오줌을 누는 것을 쉽게 여기는 사람이 많다. 뒷간이 깨끗하지 못한 탓도 있겠다. 그렇다고 산속에 수세식 뒷간을 지어 맑은 냇물을 흐리게 하는 것도 안 될 일이다. 큰 절이 있는 곳에서는 수세식변기를 앞다투어 놓고 있다. 안 될 일인 것을 보고만 있는 것은 무슨 탓일까?

　수세식변기와 세제에 마음쓰지 않으려면 오수관은 냇물과 섞이지 않도록 따로 묻어 그 끝에는 정밀한 정화처리를 해야 하겠다. 옛날 해우소를 그대로 쓰는 곳에서도, 옛 방식대로 버려지는 쌀뜨물로 그릇을 씻고, 빨래는 환경친화비누로 쓰는 일을 철저한 사명으로 지킨다면 맑은 냇물이 간직되고, 떠났던 가재와 물고기들이 다시 돌아오게 될 것이다. 시냇물이 살아나 예전같이 아무 데서나 손으로 물을 움켜 마실 수 있다고 생각하고, 산을 찾는 배낭 속에서 물병을 빼고 그것을 돈으로 셈해 보면(플라스틱 물병까지) 엄청나리라.

　나는 산에 오르며, 우리 몸에 알맞은 해우소를 설계하고 있었다. 등산옷은 평상옷보다 크게 입는 것을 생각하여 현재 쓰는 하변기 길이 52센티미터인 것을 60센티미터로 늘리고, 넓이는 조금 줄여 20센티미터로 하고, 앞가림막은 14센티미터, 앞가림막 높이 12센티미터는 그대로 두었다. 평평한 바닥을 115도로 기울기를 뒤쪽으로 잡고, 기울기 끝쪽은 지름 150센티미터 둥근 홈통을 15센티미터 길이로 이어 만든다. 뒤에 있는 물구멍은 없앤다.

쪼그리고 앉기가 어려운 사람을 생각하여서는 좌변기로도 만든다. 하변기에서 앞가림막을 떼어낸 길이를 변기 길이로 잡고, 앞가림용으로 앞쪽만 5센티미터쯤을 휘어 넣고, 145도 기울기를 두면서 위로 35센티미터 높여, 끝은 지름 150센티미터인 둥근 홈통을 15센티미터 길이로 이어 만든다. 변기 갓 변은 어느 것이나 안쪽은 밋금한 직선이게 하고, 밖으로 둥글게 굴려 씻어내기가 쉽게 한다. 그러면 길이 52센티미터, 넓이 61센티미터인 변기가 된다. 변기 안을 손바닥으로 쓸어 보면 사발 속을 더듬는 것같이 이음새나 매듭이 하나도 없는 매끄러운 흐름이 있는 하나로 된 통그릇이다.

똥오줌 저장소는 자리가 넉넉하다면 크게 두 개를, 작게는 서너 개를 이어 만드는데, 15센티미터 높이를 따로따로 두면 좋겠고, 그럴 형편이 아니라면 그냥 평면으로 만들어도 뒷간 높이로 잡아나갈 수 있다. 남성용 소변기는 지금 나와 있는 것을 그대로 쓰되, 그곳에도 저장소를 둘 넘게 만들어야 하는데, 그러기가 어렵다면 이 변기로 소변기까지 아울러도 괜찮겠다.

뒷간은 첫째 저장소 끝자락, 둘째 저장소 머리에 변기만 있게 짓는다. 관 길이를 짧게 하기 위함이다. 관 길이가 짧으면 돈도 적게 들고, 흐름도 좋다. 변기의 끝쪽과 크기가 똑같은 하수관이 첫 번째 저장소를 거쳐, 둘째 셋째 넷째로 이어가는데, 관 사이사이에 T자엘보를 써서 구멍이 위로 올라오게 놓으면 바람개비를 달 수 있고, 밑으로 숙이면 똥오줌이 저장소로 내려가는 입이 되게 한다. 이음새는 모두 가락지 엘보를 써서, 관 속은 오줌똥이 잘 내려가는 매끄러운 길이 되게 한다.

뒷간 바깥뒷벽 바로 옆에서 똥오줌이 내려가는 홈통 절반만 수직으로 자르고, 열고 닫는 가름막을 만든다. 전기가 들어가는 곳이면 가름막을 전기 힘으로 여닫고, 전기가 닿지 않는 곳이면, 가름막 지지대를 겉으로 내놓고, 볼일 볼 사람 발밑 위치에 놓아, 디딜방아 찧는 형국으로 쓰게 한다.

뒷간에서 가장 먼 저장소부터 똥오줌을 채운다. 한 방이 가득 차면 그곳은 막아 놓고, 그 다음, 그 다음 방으로 올라간다. 똥오줌이 지나는 길을 여닫는 번거로움이 있겠다. 그쯤 수고로 아름다운 산과 강을 지킬 수 있다면 그 일을 하고 싶다. 방 크기는 똥오줌이 가득 차서 반드시 여섯 달이 넘게 머물 수 있어야 한다. 부피가 큰 곳에서는 가스도 뽑아 쓸 수도 있고, 객물이 들어가지 않은 폭 삭은 똥오줌은 나무를 가꾸는 데나 희망자에게 준다.

수세식 변기에서는 물힘으로 똥오줌을 흘려보내고, 물이 변기 목을 막고 있어서 저장고에서 올라오는 냄새를 막는데, 이 변기(하변기나 좌변기)는 똥오줌을 누면 바닥이 기울었으니 저

절로 흘러내릴 것이고, 올라오는 냄새는 차단막이 막는다. 만드는 데 가장 돈이 적게 들며, 다시 더 들어가는 돈도 없고, 고장 없이 오래도록 쓸 수 있다.

먹다 남은 음식도 이 변기에 털어 붓고 비닐봉지는 빼어서 물에 흔들어 냄새만 빼어내고 배낭 속에 넣고 가는 것도 잊지 말았으면 좋겠다.

사람기척이라고는 껌 껍질 하나 없는 산과 들에 조금은 냄새 나는 해우소(말 그대로 걱정만 푸는 곳)가 우리 산과 들의 지킴이라고 참고, 즐거움으로 받아들였으면 좋겠다는 생각을 늘 하다가, 이것은 나 혼자 힘으로는 할 수 없는 일이라, 이것을 밖으로 쏟아 보자고 마음먹으며, 몇 달 밤잠을 줄여 '쾌적한 환경 변기' 란 이름으로 '실용신안등록증 제0306097' 을 얻었다. 나는 처음부터 사업할 그릇은 못 되고, 누구든 만들어 쓰였으면 하는 바람이다.

수세식변기는 쓸 때마다 많은 물을 흘려보내지만, 그 변기도 하루만 닦지 않으면 깨끗하달 수 없다. 이 변기로는 가스도 얻고, 거름을 얻을 목적이 있으므로, 변기 안을 닦아 내릴 때는 화학비누를 쓰지 않으며, 하루에 한 번 적은 물로 씻어내면, 더할 나위 없겠다.

그럴 수가 없으면 한 주에 한두 번 성에만 끼지 않게 살핀다. 그도 어려우면 아예 청소를 않더라도, 똥은 자연히 흘러내리고, 그 위를 오줌이 씻어내릴 것이며, 냄새는 가름막이 막았으니, 아주 험상궂지는 않을 것이다. 지금 산 곳곳에 똥오줌을 먹어치우는 생물을 기르는, '포세식 박멸 변기'를 쓰는데, 그 변기도 냄새가 나고 지저분하다. 그밖에도 똥오줌을 버리지 않는 변기가 몇 점 있다.

기술로 치자면 이 변기보다 훨씬 나은 것들이지만, 마치 모기에게 대포를 들이대는 노릇이다. 만드는 돈도 많이 들뿐 아니라, 뒤에 들어가는 돈이 더 많을 것이다. 똥오줌이 생기는 것은 자연이다. 자연은 순리대로, 가장 순하게 다스려야 하고, 지구를 살리는 길은 '생활을 단순하게 하는 것이 지름길이다'는 생각이다. 시각을 다투어 불어나는 '생태 빚'을 줄여 나가자면 더욱 그렇다. 만들고 쓰는데 아낀 돈으로, 사람을 써서 깨끗하게 다스리는 것은 일자리를 늘리는 길도 되리라.

버릴 물을 되쓰며

빨래는 며칠씩 모았다가 한다. 빨래 가운데 손빨래부터 골라내어 먼저 빨며, 거기에서 나오는 빨랫물은 모두 세탁기에 모아, 그 물로 나머지 빨래를 한 번 애벌 빤다. 세탁기를 꺼 놓고, 애벌 빤 빨래는 삶을 것과 삶지 않을 것으로 가른다.

삶을 빨래를 재활용비누로 고루 문질러 삶는 동안, 삶지 않을 것 가운데 물감이 번지는 빨래는 따로 골라 놓고 나머지 빨래는 얼룩이 있는지 살피며 세탁기에 담아 놓는다. 이 빨래는 비누도 없이, 삶은 빨래가 빨릴 길목에서 미리 기다리는 것이다. 개개비 둥지 속에서 주인 행세하는 뻐꾸기 알이다.

빨래가 다 삶아졌다 싶을 때 세탁기를 다시 켜, 빨랫감이 물에 잠겨 가면 삶은 빨래를 거기에 쏟아부어 더한다. 그 뒤부터 빨래는 세탁기에게 맡기고, 나는 세탁기가 쏟아내는 물을 되쓴다.

애벌 버리는 물에는 비눗기도 있으려니와 빨래하기에 알맞는 온도여서, 물감이 번지는 빨래도 빨고, 쓰레기통이나 비닐봉지들과 더러운 것을 씻거나 다용도실 바닥 청소를 한다.

두벌 버리는 물로는 물감이 번지는 빨래도 헹구고, 집안 청소를 한다.

마지막 헹굼 물은 쓰고 남으면 받아 두고 알뜰히 쓴다.

"궁상을 떨어 살림에 보탬이 될까, 너저분하기만 하지."

어쩌다 다용도실을 찾은 남편은 또 물을 받아 놓은 것이 편치 않은가 보다. 그래도 멈출 수가 없는 마음이라,

"할 수 있는 일을 하지 않는 것도 죄가 된대요."

하고 대답하며, 헤프다 싶으면 "복 덜어질라" 하고 마음 추스르시던 할머니를 생각한다.

요즘 개수대는 자리를 넓게 터놓아서, 개수대에 개수그릇을 들여놓고 쓰기가 자유롭겠다. 내 개수대는 두 칸짜리 옛날 것이다. 비좁은 대로 개수통에 개수그릇을 들여놓고 쓴다. 그것이 물을 아껴 쓰는 길이다. 쌀 씻은 물은 그 그릇에 받아 놓고, 씻을 그릇이 나오는 족족 거기에 담는다. 그 물에서 그릇을 수세미로 애벌 씻고, 빨아 놓은 행주로 다시 졸졸 흐르는 물에서 물힘이 아니라 행주힘으로 그릇을 한 번 더 정성들여 씻는다. 기름기가 너무 많을 때는 수세미에 환경비누를 묻혀 씻거나 뜨거운 물로 씻지만, 웬만한 기름기는 행주가 깨끗이 빨아들인다. 개수그릇에 고인 물로는 다시 행주를 환경비누로 빨아 말린다.

나물 삶은 물이나 다른 뜨거운 물을 버릴 때에는 개수대 구멍에 수세미 들을 모아 놓고 천천히 붓는다. 바쁠 때는 소독할 것들을 물이 식기 앞서 담가 놓았다가 나중에 빤다. 보이지 않는

세균과 싸우며, 옛 어른들은 수채에서 사는 실지렁이가 죽는다고, 뜨거운 물을 막바로 버리지 않고 식혀서 버리던 정취가 떠올라 그 정취를 부러워한다.

세면대에도 작은 대야를 들여놓고 쓴다. 그것이 비눗물을 덜어내기가 쉬워서다. 젊어서 머리숱이 많을 때는 보리, 콩, 국수들을 삶아낸 물이나 밀가루를 개어 따끈한 물에 풀어서 머리를 감았다. 요즘은 머리숱이 적어져서 머리결을 세우려고 세숫비누로만 감는다. 채소는 될 수 있으면 밖에서 씻고, 버리는 물은 항아리에 받아 두었다가 꽃밭이나 꽃분을 가꾸는 데 쓴다.

1950년대로만 거슬러 올라가도, 만경강에서 익산시 쪽으로 난 갑문에, 밤새도록 쳐 놓았던 발에서 아침이면 손바닥 만한 참게를 걷어들이는 것을 볼 수 있었다. 그런데 지금은 그 갑문에서 만경강으로 흘러들어가는 물은 생물이 살지 못하는데, 그때 있던 '장어집' 간판이 아직도 있어 헛웃음을 흘리게 한다.

1980년대까지는 등산하는 배낭에 물병은 없고, 물컵 하나만 대롱거렸다. 그때는 어느 골짜기에서나 단물을 떠 마실 수가 있었다. 지금은 산속에까지 불러들인 화학비누와 수세식변기가 골짜기 맑은 물을 앗아갔다.

가뭄이 들어 송사리떼가 논바닥에 고인 한줌 물에 오물오물 모여 있던 것을 본 일이 떠오른다. 위기의식을 느끼고 조금이라도 나은 자리를 차지하려고, 무던히 헤매다가 어쩔 수 없이 갇혀 버린 셈이다.

지금 집집에 정수기가 늘어나고, 물포럼이 열리고, 물대책을 이야기하는데, 이것이 위기의식으로 인류가 오물거리는 모습이라고 느낀다. 나는 오랫동안 물을 가장 값지게 다시 쓰는 일은, '사람들 똥오줌을 버리는 방식이 아니라, 모아서 다시 쓰는 일이다'고 생각해 왔다. 그런데 이것은 나 혼자만으로는 안 되는 일이라, 마음만 앓아 왔다.

2003년 일본 교토에서 열린 세계 물포럼에 나온 과학자들은 '수세식변기는 물부족을 더 크게 하며 강을 더럽힌다'는 데에 뜻을 모았고, '옛날 뒷간이 환경을 지키는 데 도움이 된다'는 데에 한뜻이었다는 신문기사를 보았다. 그 기사는 '너는 시대에 뒤떨어진 사람이 아니라 앞서 걷는다'고 내게 힘을 북돋워 주는 듯해서 반가웠다.

알고 있다는 것과 실행에 옮긴다는 것은 하늘과 땅처럼 다르다. 알고는 있지만 편의주의에 젖은 요즘사람들이, 선뜻 자기 삶을 한 발 뒤로 물러설 용기를 내리기가 어렵다는 데에서 환경문제는 꼬이는 것이다.

'사람들 똥오줌을 버리지 말고, 모아서 다시 쓰자'는 내 뜻이 사회에서 받아들여지는 날이 오면, 그제야 이름과 실제가, 똑같이 되며, 우리가 지금껏 버려 온 모든 물을 다시 쓰는 셈이 된다.

병술년 농사 일기

1월 16일

　아침에 창문을 여니 안개가 자욱하게 땅을 에워싸고 있다. 눈을 퍼붓듯 쏟아내고, 며칠 앞까지 쇳덩이로 얼려 놓더니, 이런 날도 오는구나!

　"안개만 땅에서 올라와 온 땅을 적셨다"는 〈창세기〉 한 구절이 생각난다. 사람 힘으로는 어쩌지 못하는 조물주의 신비를 느끼는 마음이다.

　지난가을 남편은 오른쪽 가슴으로 흐르는 큰 핏줄을 넓히는 수술을 받았고, 나는 봄부터 눈 속에 난 혹을 녹여내느라 병원을 들락거리다가 가을엔 어깨까지 다쳐 겨우 알곡만 챙겨 오고, 뒷마무리를 하지 못한 밭 생각이 난다. 거름으로 쓰려는 쌀겨도 깻묵과 섞어 물 뿌려 띄워야 하는데 겨우 받아만 놓았으니, 쥐들은 얼마나 잔치를 했을꼬……

2월 3일

　며칠 동안 포근하더니 그 볕을 놓치지 않고, 수선화과 상사

화가 고개를 든다. 25분을 걸어 밭에 나가 보니 일거리만 보인다. 남편도 힘이 부쳐 감나무에 거름도 주다 말았고, 가지 손질도 못했다. 감나무는 고동 순을 본디 제 모습대로 기르면서 겹치는 가지만 솎아 햇볕을 고루 받게만 한다. 나는 그런 감나무를 기르게 된 것을 다행으로 여긴다. 잎이 다 진 뒤 가지치기를 지나치게 한 과수원 나무들을 보면 사람의 이기심에 섬뜩하다. 오른쪽 어깨가 아파 왼손으로 마늘밭 풀 몇 포기 집어내고 돌아왔다.

2월 7일

도라지 씨는 가을에 뿌리던지, 봄에 뿌리려면 서리 내리기가 멈추지 않을 때 뿌리는 것이라, 서둘러 뿌리는 김에 더덕 씨도 뿌렸다.

2월 14일

아차 잊었구나. 말냉이는 들나물이라는 것을. 들나물은 씨를 받는 바로 뿌려야 하는 건데……. 어려서 보면 보리밭 김매는 날 보리밭에서 뽑아내는 말맹이(말냉이)나물을 모아다가 신건지를 담았다. 그 싱건지 맛을 못잊어 해마다 봄이면 그 나물을 찾으려고 나섰지만 어디에도 없었다. 들꽃 책을 찾아보니 말냉이는 있고, 말맹이는 없다. 사진으로 보는 말냉이가 어려서 보던 말맹이와 같다. 지난봄 임실 산어귀에서 말냉이 몇 포기를

만났다. 잎 모양은 같은데 잎 가장자리에 조그맣게 톱니가 있
다. 어릴 때 기억으로는 잎이 밋밋했던 것 같았는데 하며 잎을
뜯어 맛을 보니 조금 쌉쓸하다. 아마 철이 늦어 그런가 보다 하
고, 씨가 여물 무렵 다시 가 보니 씨 겉모양은 틀림이 없었다.

　지금이 싱건지를 담글 철인데, 그 씨를 받아 왔던 것을 잊고
오늘에야 뿌렸다.

　"늦게라도 꼭 자라 다오. 네 자손을 번성하게 할게."

　상추, 아욱, 쑥갓, 겨자채, 배추도 같이 뿌렸다.

2월 28일

　지난해 가을 독일 동생이 산 마늘 씨 한 줌을 사람 편에 보냈
다. 산에 많이 나는 풀인데 그 나라는 자연에는 풀 한 포기도
손대지 못하게 하는 나라라 어렵게 씨를 받아 보낸다고, '내 나
라 땅에서 씨를 뿌리며 살고 싶은' 동생의 애타는 소망을 담은
것이라, 어려운 가운데도 씨를 뿌리고 망사로 덮어 놓았더니
망사 위로 겨울 풀이 파랗다. 망사를 걷고 한 손으로 풀을 뽑고
다시 덮었다. 날씨가 어떻게 다를지 몰라 스티로폼 상자에도
씨를 뿌리고, 공기구멍만 남기고, 유리로 덮어놓았던 곳에도
아직 싹이 올라오지 않았다.

3월 8일

　지난가을 이 날 저 날 미루다가 늦었다싶을 때 뿌린 상추가,

초겨울 날씨가 따뜻해서 오히려 웃자랐다. 상추는 어릴수록 겨울을 잘 넘기는 성질이라, 모진 늦추위에 웃자란 상추가 견딜까 걱정했는데 용하게 견뎠다. 이제 '어깨를 펴라'고 솎아내야겠다. 모진 추위로 잎 모양은 거칠어도 뿌리는 튼실하다. 이 어린 것이 추위를 이긴 장사라, 한 뿌리도 버리지 못하고, 동네 사람도 주고, 재범 씨에게도 보냈다. 여름마늘은 벌써 봄기운이 싱그럽다.

3월 15일

배추, 겨자채 떡잎이 맨 먼저 보인다.

가을에 육쪽마늘 심을 때 짚이 없어 당근대, 생강대, 콩깍지들로 덮어 주었더니, 예쁜 마늘 싹이 누더기를 걸친 꼴이 눈에 거슬린다. 지난 겨울같이 모진 추위에도 어김없이 고개든 것이 귀엽고 사랑스럽다. 누더기를 벗겨 주고, 쌀겨와 깻묵을 삭혀 밑거름 하고 남은 것으로 웃거름을 주었다. 거름을 덮어 주려고 호미를 들고 보니 남편은 어느 결에 복합비료를 사풋 뿌렸다. 해마다 내 말 듣다가 마늘쪽이 굵지 않다고 푸념하더니.

거기에다, 지난가을 무 배추 농사에도 농약을 못 치게 한 바람에 벌레와 길게 싸운 한까지 서렸겠다.

"농사짓는 맛이 나야지."

성깔지게 한마디 하는 것으로 내 입을 막는다. 할 말을 잃고 이 꼴 저 꼴 보이지 않게 흙을 덮고 나니 마음이 개운하다.

3월 21일

지난해에 몇 주 길러 놓은 꾐나무, 사과나무 대목에 접을 부쳤다. 남편이 하던 일인데 남편은 손이 떨려, 어깨너머로 배운 내가 하게 됐다. 남편은 오늘에야 쌀겨 갈무리를 한다.

상추, 아욱, 쑥갓떡잎도 보인다.

4월 1일

비가 온다기에 서둘러 제비콩 심기를 끝냈다. 옥수수도 조금 심었다. 옥수수는 일찍 심어야 일찍 따먹고, 그 자리에 다시 옥수수를 심어 가을에 먹는 늦옥수수가 더 맛있는데 올해는 늦었다. 스티로폴 상자에 산마늘 30개, 밭에도 드문드문 났다. 춥고 덥고는 그리 따지지 않는 나물인가 보다.

4월 6일

오늘에야 옥수수를 쪼각밭에 다 심었다. 가랑파 씨 뿌리고, 땅콩은 씨를 밑지지 않으려고, 조금 심었다. 말냉이 싹이 가장 늦게 났다. 아스파라가스 순도 올라오고 있다. 지난가을 모래 흙을 높이 쌓아주지 못해 시원치 않다.

4월 14일

도마도 묘 18 주, 가지 9주 심었다.

4월 24일

오늘은 북부 장날이다. 올해는 고추농사 짓기는 아무래도 힘겹겠다. 그 많은 모종 가운데서 풋고추 감으로, 50주만 샀다. 그 대신 도마도 8주 오이 모 4개, 참외 모 3개, 꽈리고추 10주, 청양고추 2주 더 샀다.

4월 27일

생강 심었다.

5월 2일

토란 씨를 묻을 때 물기가 너무 많았던지, 심야보일러를 놓은 덕분인지 순이 나서 하얗다. 순이 다치지 않게 높이 흙을 올려 심었다.

5월 19일

울타리 옆에 흑임자 두 줄 심었다. 쥐눈이콩 조금 심고. 이제는 제비콩을 걷는 대로 팥과 쥐눈이콩만 심어 나가면 된다. 밭을 묵히지 않나 걱정했는데, 그래도 밭이 틀이 잡혔다. 우리 밭 두 마지기는 한 해 내내 쉴 사이 없이 걷고 심고를 끊임없이 했다. 어려서 보았던 곡식, 나물, 좋아하는 꽃과 나무들까지 있어, 자주 우리 내외를 부른다.

해마다 큰 박은 아람으로 안기는 재미와, 박 속을 먹고, 바가지를 쓰는 재미를 준다. 요즘은 어렵게 얻은 말냉이 신건지를 먹는 재미를 누리는 참이다. 겉이 우툴두툴하고 잣색인 토종 단호박 씨와, 한가위 송편에 꼭두서니, 노랑, 파랑, 고운 빛 풀어내던 떡맨드라미 씨는 아직도 찾지 못했다.

외래종 채소도 이것저것 길러 보는데 거의 억세거나 향이 짙었다. 지금은 여름마늘과 아스파라가스만 남았다. 여름마늘도 맵고 억세어 사랑받지는 못하나, 쪽이 굵고, 일찍 걷어들이는 맛으로 조금 기른다. 아스파라가스는 독일에서 씨를 사다가, 한 해는 벌로 놓아 기르고, 그해 가을에 모래흙을 10센티미터쯤 높이 쌓아 주었더니, 다음해부터 한 해 내내 굵고 하얀 순을 선사한다. 한 번 심으면 스무 해 동안 거두고, 순을 그대로 기르면 씨도 많이 맺는다. 소금간만 하고 맹탕국을 끓여도 먹을 만하다.

신접나서 우리는 김제읍(김제시) 기차역이 가까운 곳에서 살았다. 집 가까이 고기전도 생선전도 있는데, 채소전이 없었다. 그때는 거의 그곳 사람들만 살고 있어, 채소를 사먹을 사람이 적어서다. 장날이나, 변두리로 나가 농삿집을 찾아야 하는데, 김제읍은 땅 모양이 갈치 같아, 장이 서는 장터에 가려면 갈치 머리에서 꼬리를 더듬는 모양이다. 업고 가기도 힘들고, 걸려 가기도 힘드는 방울이 달렸으니 그도 어려웠다. 생각다 못해 우리에게 주어진 넓은 장독대를 줄여 꼭 심어야 할 채소 몇 가지를 길렀으니, 내 농사 이력은 꽤 깊은 셈이다.

김장거리도 농삿집에다가 미리미리 맡아 놓아야 했다. 그걸 모르고 있다가 김장때를 놓쳤다. 안집 아주머니가 애가 달아 발을 놓다가, 하루는 대문 밖에서부터 나를 부르신다. 어느 농군이 서울 조카네 혼사에 갔다가 인정에 잡혀 김장철을 놓쳤단다. 정말로 다 마른 배추 겉잎이 속잎을 움켜안고, 조르르 서 있었다.

"연분은 따로 있는 법이여."

하시며 나보다 더 좋아하시던 아주머니. 우리 방 뒤쪽으로는 넓은 남새밭이 있어 아주머니가 오며가며 푸성귀 몇 줌씩을 말없이 놓고 가시던 모습이 아련하다.

올봄은 비가 잦아 봄 푸성귀가 좋다. 이 집 저 집에 한 줌씩 놓아 주며 아주머니 생각을 더 한다.

"효도를 하려니 부모가 안 계시더라"는 말이 마음으로 다가온다.

사랑은 내리사랑이라 했던가?

5월 20일

어제는 비가 알맞게 와서 검은깨가 잘 나겠다. 말냉이 싱건지가 처음에는 냄새가 짙게 나서 기대에 어긋난다 싶었는데, 익어 가니 냄새가 없어지고 옛 맛이 난다. 오늘 이당하고 몇이 점심을 같이 하자는 전화를 받고 '우리 집에 와서 말맹이 싱건지

와 밥 먹자'고 하려다가, 조금만 내 힘에 겨운 일을 하면 밤에
잠자기가 어려워서 참았다.

6월 2일

옥수수밭을 매고, 나머지 덩굴콩도 심었다. 덩굴콩이란, 빛깔
이나 모양이 제비콩 같으면서 동글동글한데, 맛은 그보다 훨씬
좋은 콩이다. 이름을 몰라, 유난히 덩굴져 오르기를 좋아해서
내가 붙인 이름이다. 순이 올라오면 콩 서너 포기마다 대나무
를 통째로 한 그루씩 세워 주면 좋아라 대나무꼭대기까지 올라
가서 열매를 맺는다. 지난해에는 대나무 세 그루에서 마른 콩
을 2킬로그램 정도 걷어 들였다.

6월 18일

어제는 큰아들이 와서 감나무 소독을 했다.

나머지 쥐눈이콩까지 다 옮겨 심었다.

옆 밭에서 농사짓는 사람을 보니 하지감자를 심어 소담하게
캐내니, 언제 그 샛골에 고구마를 놓았는지 순이 한 뼘씩이나
나풀거려 금방 고구마밭으로 바뀌어 버렸다. 한 수 배웠다.

6월21일

늘 옥수수씨 뿌렸다. 어느 때가 좋을지 몰라 수수씨도 조금 뿌렸다. 굵은콩 조금 옮겨 심고. 말냉이씨 걷어들였다.

6월 30일

제비콩 세 주머니째 걷어들였다. 장마가 와서 서둘러 걷었다.

7월 3일

제비콩이 익는 족족 따면서 그 사이사이에 팥을 심었다.

7월 11일

물에 불린 팥이, 싹이 나려 해서 오늘 비를 맞으며 심었다. 지난해에는 6월 초순에 수수를 심었는데 목이 패어 탐스럽다가 마디에 벌래가 생겨 알곡을 놓쳤다. 올해는 벌레를 피해 보자고 늦게 심는다는 것이 너무 늦었다 싶어 수수씨는 조금 뿌렸다.

7월 15일

3일에 심은 팥이 풀속에서 나풀거려 매어 주었다. 11일에 심은 팥도 고개를 든다. 밭 귀퉁이에 조금 심은 모싯대를 베어내고 모시 잎은 삶아 갈무리.

7월19일

비가 잦아 호미자루가 끄덕거려 젖은 천 조각에 소금 반 수저 싸 가지고 와서, 호미자루를 아예 뽑고 그 천 조각을 나무자루 속에 들어가는 호미자루에 돌돌 말아 되박았다. 이렇게 하면 소금과 천 조각과 쇠붙이가 뭉치며 '산화철'이 돼서 호미자루가 끄떡없게 된다.

비 때문에 토란 북을 돋아 줄 때를 놓쳐, 옆 순이 우북해서 솎아내고 북돋아 주었다.

7월 27일

호우경보가 내린 가운데도 오늘 하루 빼꼼해서 늦게 심은 팥과 굵은콩 밭을 매어 주었다.

7월 30일

옥수수대를 곧 걷게 생겨서, 조각밭에는 옮겨 심을 때가 늦어 한 마디가 생긴 수수모를 심고, 큰밭에는 늦 옥수수모를 심었던 것이 뿌리내렸다. 오늘에야 마지막 옥수수대를 모두 걷어 주었더니 수수밭, 옥수수밭이 됐다.

8월 1일

장마가 걷히고, 사흘째 맑은 하늘이다. 팥밭 두벌 김매기를 했다. 땅이 벌써 굳어 호미발을 잘 받지 않는다.

8월 3일

수수모가 바늘만큼 자랐다. 1950년께는 바가지 모심기(황산식모)라는 것이 있었다. 밭에서 벼싹을 틔워 바늘만큼 자라면 논에 물을 찰박하게만 대고, 벼 모종을 바가지에 담아가지고 다니면서 못줄을 띄워 놓고, 못줄 꽂에 맞춰 어린모 하나씩을 놓아 주었다. 그러면 그 모종은 몸살도 않고 바로 새 뿌리를 내리며 새끼를 많이 쳐 가던 것이 생각나서 때늦은 수수모를 지금 옮겨 보자는 생각이 들었다. 수수모를 그릇에 담아 똑같은 것끼리 짝을 지어 옮겨 심고 물을 듬뿍 주었다.

8월 5일

수수모는 몸살도 없이 싱싱하다. 잘 맞아들었다. 쪽파 조금과 당근을 심었다.

8월 16일

얼마 앞서 대문지붕에 박 다섯 덩이가 주먹만 하기에 그 밑에 스티로폼로 앉을개를 만들어 주었던 것을 박이 머리통만 해져 자리를 고쳐 앉히려고 다시 보니, 박 두 덩이는 주먹만 한 대로 말라 져 버렸다. 자리다툼에서 밀려났나 보다.

8월 18일

7월 장마가 끝나고는 오래 가물더니 이제야 비다운 비가 내렸다. 당근씨는 "하루라도 나를 윤월(음력)에 묻어 달라"고 한다는 것인데 올해는 7월 윤달이 있어 조금 주춤거리다가 가뭄에 갇혀 이제야 싹이 올라온다. 잎을 먹으려고 뿌린 들깨며, 쪽파도 하나도 나지 않기에 다시 심어야 하나 했더니 이제야 올라온다.

청자무씨(원산지 뉴질랜드) 한 봉지, 진청노란배추씨(원산지 한국)를 사서 우선배추만 겉흙에 뿌렸다. 마디가 생긴 수수모를 심고 걱정했는데 그런대로 자라고 있어 오늘 손질해 주었다.

8월 24일
어제 비가 조금 내려 경종배추와 우선 먹을 무씨 조금 뿌렸다.

9월 1일
저장용 무 한 두럭 심다.

9월 3일
땅이 말라 물을 주고 무씨 뿌리고 덮은 거적을 비가 조금 올 듯해서 벗겨 주었다

9월 7일

짐작대로 비가 조금 내려 무 싹이 잘 올라왔다. 땅콩을 캐고 나머지 쪽파와, 김장 때 자잘한 무를 쓰려고 무를 더 심었다.

9월 12일

이른 마늘을 더 심고, 시금치씨 뿌리고, 아스파라가스씨, 도라지씨 받았다.

9월 18일

'태풍이 몰려온다' 고 방송마다 큰바람 일으키더니 여기는 밤새 곱게 귀한 비 내려 주시고, 아침 햇살 해맑다. (아주 깨끗함)

예전에는 처서 지나면 모기 입이 삐뚤어진다고 했는데 백로 지나 추분이 오도록 모기가 드세다. 아침이 되어 창문을 열려 하면 방충망에 모기가 모여 얼른 방충망을 열어 달라고 조르는 듯했다.

'모기가 나가 나무진 빨아먹으라고 방문 열어 놓아라' 하시던 어른들 말 귓전에 있지만, 나는 모기를 다 잡고 창문을 열며 모기도 악발이 되고, 사람도 악해졌구나 하고 생각하는데, 오늘은 모기도 큰바람 피해서 방으로 들었는지 유달리 모기가 많다. 날려 보내는 인심을 썼다.

생활의 지혜

내가 담는 장

새살림 나는 세간에 메주 몇 덩이가 있었다. 내가 살게 된 집은 우리 또래 내외가 시부모를 모시는 주인집과 송 선생네, 우리 집, 그렇게 세 집이 살았다. 안집 아주머니와 송 선생네가 장 담는 모습을 지켜보았다.

항아리에 버선본을 오려 붙이고, 항아리 둘레에 금줄을 두르고, 간장 위에는 숯과 통고추, 통깨를 띄웠다. 그리고 소반 위에 정화수를 떠놓고 치성을 드렸다. 나는 형님(동서)이 알려주신 대로 간장을 담아 놓고, 왠지 부끄러워 치성을 드릴 수가 없었다. 숯 몇 덩이와 붉은 통고추 몇을 꽃송이인 양 띄우는 것만으로 애교를 부렸다.

항아리를 열 때미다 맛보는 장맛은 어느 날은 싱거운 것 같아, 간장 위로 솟은 메주 위에 소금 한 줌씩을 놓아 보고, 어느 날은 짠 것 같아 가슴 더럭 했던 날들. 어느 맛이 참맛인지 봄 햇살에 물어 보는 애타는 마음일 때가 얼마나 많았던가!

날이 얼마큼 흘렀을까? 안집 아주머니가 지나가시다가

"이 집 장독에선 단내가 나네."

하신다. 나는 얼른 뛰어나가 장항아리를 열어 보였다. 맛을 보시고,

"장이 참 맛있네. 장원했네."

하신다. 나는 다른 소원은 하나도 없었던 듯이 기뻤다.

그렇게 어려웠던 장 담기가 지금은 손쉬운 일로 여기게 되었다. 11월에는 샛노란 햇콩이 점방마다 가득하다. 수입 콩을 먹지 않으려면 마음을 많이 써야 한다. 갓 타작한 콩은 빛깔이 산뜻해서 수입 콩 사이에서 쉽게 가려낼 수 있다. 또 노랑바탕에 연보라 점이 있는 동실동실한 부엉다리콩은 단맛이 더하고, 어릴 때 보던 콩이라 만나면 반갑다.

메주콩은 정갈하게 씻어 물에 하룻밤 불린다. 불린 콩을 건져 압력솥에 뚜껑이 닿을 만큼 가득 채운다. 콩을 불렸던 그 물을 두 컵쯤 붓고 불을 지핀다. 이때 콩이 얼마나 부풀었는가에 따라 물은 더하고 덜 수도 있다. 불리지 않은 콩을 쓸 수도 있으나 물 가늠하기가 어렵다. 밥솥 추가 움직이면 바로 불을 끄고, 김이 빠지기를 기다렸다가 소쿠리에 삶은 콩을 부어 물을 뺀다. (겨울에는 묵은 된장이 너무 메마르다 싶으면, 따뜻할 때 그 콩물을 우거지만 살짝 덮일 만큼 부어 놓으면 좋다.)

두툼한 비닐 봉투에 콩을 넣고 보자기에 싸서 발로 밟아 메주를 만든다. 메주가 굳기를 기다렸다가 바람이 잘 드는 곳에 매달아, 겉이 딱딱해질 때까지 말린다. 겉이 다 말랐으면 두꺼운 상자에 짚과 메주를 켜켜이 놓고 보자기로 보기 좋게 싸서 불

기가 드는 어느 구석에 놓아 두면, 냄새나 보기에 그다지 거스르지 않다.

요즘에는 짚을 얻기가 어려워 버릴 옷 가운데 자연섬유로 된 것들을 모아 두었다가, 그것으로 삼베나 모시는 메주 켜켜에 넣고, 모직, 명주, 무명으로는 상자 겉을 감싼다. 2월 중?하순(음력 정월 초순)이 되면 메주를 씻어 하루 볕을 쬔다. 메주를 덮었던 옷가지들은 빨아서 빈 항아리에 간수하면 청국장을 띄울 때도 쓰인다.

옛 어른들은 물과 햇살이 가장 좋다는 정월 두 번째 '말날'을 골라 장을 담았다. 정월 장은 물 한 동이에 소금은 넉 되를 넣는다고 하고, 늦게 담는 장은 소금을 반 되쯤 더한다고 했다. 소금은 해를 두고 간수를 뺀 것만을 썼다.

지금은 동이가 귀하니 큰 들통(물 16킬로그램쯤) 하나에 소금은 넉 되 반(4킬로그램), 메주 두 덩이(콩 3킬로그램쯤) 비율로 한다. 간장은 쓸 만큼만 담고 메주를 남겨 놓는다. 그러니 매주는 된장이 있어야 하는 만큼 쑤는 셈이다.

소금을 큰 그릇에 담고, 소금이 휘돌릴 만큼 물을 부어 가며 소금이 녹는 족족 소금물(포화용액)을 떠내어 다른 그릇에 모은다. 소금이 다 녹은 뒤에도 물이 얼마 남는데 그 물은 따로 간수한다.

한 이틀 뒤에 간장을 담글 항아리 위에 고운 체나 보자기를 놓고, 소금물을 살금살금 떠 붓고, 남겨 두었던 물은 찌꺼기에 부어 흔들어 놓는다. 하루쯤 두었다가 맑은 물만 장항아리에 보탠다. 정갈하게 걸러낸 소금물에 메주를 넣고 숯과 고추를 띄우면 내 홋장(그해에 담근 장) 담기는 끝난다.

지난해에 담근 간장으로는 겹장을 따로 담는다. 겹장이란 간장으로 다시 간장을 담는 것으로 '되간장'이라고도 한다. 장항아리를 보면 한 해 사이에 얼마큼 물이 달았을 것이란 짐작이 간다. 겹장을 담글 단지에 그 줄어든 물만큼, 물을 붓고 메주를 불린다. 사나흘 뒤에 메주가 흐트러지지 않게 조심스레 묵은장을 붓고 숯과 고추를 띄운다. 묵은장 찌꺼기는 소쿠리에 닥종이(닥나무 껍질로만 만든 종이)나, 무명보자기를 깔고 걸러서 더한다. 겹장 맛을 본 사람은 해마다 겹장을 담는다.

햇볕이 좋은 날 아침에는 해가 높이 솟은 뒤에 뚜껑을 열고, 저녁에는 해가 떨어지기 앞서 뚜껑을 닫아 찬이슬을 맞지 않게 한다. 그렇게 40~50일 동안 해바라지를 하는 데에 장맛이 달려 있다. 지금은 유리 뚜껑이 있어 해바라지를 대신해 주기도 한다. 그래도 가끔은 열어 놓는 것이 좋다.

장을 가르기 네댓새 앞서, 남겨 놓은 메주를 자잘하게 부수어 물을 부어 불려 놓는다. 이때에 메주 위에 흰 곰팡이가 살핏 끼는 수도 있는데 괜찮다.

불려 놓은 메주에, 홋장, 겹장에서 메주를 건져 담고, 골고루 덩이를 으깬 다음 간장으로 질퍽하게 묽기를 맞추어 단지에 담는다.

이때 남겨 놓은 메주가 없으면 청국장을 띄워 으깨어 써도 된다. 콩을 삶아 넣는 사람도 있다. 예전부터 우리 된장은 콩으로만 만들었다 한다. 일본된장이 들어오면서 쌀, 보리, 밀이 많이 들어가고 된장에서도 단맛이 돈다. 그 맛에 익숙한 사람은 콩과 통밀을 같은 부피로, 따로따로 띄우거나 함께 띄워서 말려 가루로 만들어 넣어도 되고, 청국장과 먹다 남은 미숫가루를 더해서 고루 섞어도 된다. 그 부피는 자유로 하되 간장으로 묽기를 맞춘다.

메주를 건져낸 간장은 고운 체에 밭쳐 간수하고, 거기서 나온 메주 부스러기는 으깨어 된장 우거지로 쓴다. 그 위에 소금을 골고루 뿌려 된장이 보이지 않게만 덮는다. 된장에 닿는 소금은 녹으면서 소금막이 만들어져 굳고, 그 위로 소금이 그대로 덮여 여름 내내 벌레가 생기지 않는다. 짜겠다고 생각되면, 먹을 때 웃소금은 걷어내고 먹는다. 가을부터 먹을 수 있다.

고추장은 봄에 담는 것보다 늦은 가을에 담아 천천히 익히는 것이 좋다.

10월 첫머리에 쌀가루나, 불려 놓은 쌀을 불린 콩과 켜켜로 놓아 시루에 쪄 소쿠리에 담고, 한 김 나가기를 기다렸다가 고루 저어 손으로 만져 봐서 뜨겁지 않고 따끈할 때에 뚜껑을 덮는다. 헌 옷가지로 소쿠리 몸을 감싸고 다시 보자기로 정갈하게 싼다. 방에 불을 넣지 않는 때이므로 볕이 잘 드는 빈 항아

리나, 냉장고에서 버려지는 열기가 나오는 곳에 너댓새 동안
놓아 둔다. (청국장도 이와 같은 방법으로 띄운다) 그걸 햇볕에
말려 가루로 장만한다.

　고추장은 고춧가루 둘에 메줏가루 하나, 찹쌀 2~2.5 비율로
한다.

　고춧가루는 간장으로 불려 놓고, 찹쌀은 고두밥으로 찌거나,
밥으로 지어 놓는다. 고두밥으로 찔 때는 시루 밑 물을 고두밥
에 부어 촉촉하게 만든다. 너무 뜨거워 메주가루가 익지 않도
록 밥을 조금 식혔다가 메주가루를 골고루 섞어 세 시간쯤 덮
어 둔다. 너무 오래두면 신맛이 돈다.

　그러면 밥알이 삭아 젓기가 한결 수월하다. 거기에 불린 고춧
가루를 붓고 간장으로 묽기를 맞추는데, 젓고 있는 주걱을 타
고 천천히 흐를 만큼 질게 맞춘다. 간장이 너무 짜면 조심스럽
게 맹물이나, 식혜 국을 조금 섞어도 된다. 고추장은 담으면서
맛을 봐, 맛이 있으면 싱거워서 그런 것이라, 나중에는 냉장고
에 넣지 않으면 신맛이 난다. 밥알이 그대로 있다고 걱정할 것
없이, 고루 섞이기만 하면 단지에 담는다.

　새봄이 와서 상추쌈을 할 때 떠내어 저어 보면 삭지 않았던
밥알도 없어지고 은은히 단맛이 난다. 그렇게 너무 달지 않는
고추장으로 찌개를 만들어야 음식 맛이 칼칼하다.

　장을 떠먹는 일도 중요하다. 된장은 뜨는 자리를 잡고 늘 그
자리에서 물기 없는 수저로 우거지를 밀치고, 떠내고는 지그시

윗면을 눌러 그 자리를 메우고, 밀쳐 놓은 우거지로 살짝 덮는다.

고추장도 된장 뜨듯이 한자리에서만 떠먹으면 고추장은 스스로 곱게 떠낸 자리를 메운다. 그러면 담글 때 우거지가 다 먹도록 그대로여서 장의 허실도 없고, 벌레도 생기지 않는다.

우리가 새살림 나던 해, 큰집 장은 맛이 없었다. 똑같은 메주와 장 담그기 선수이신 형님이 담근 장맛이 왜 그랬을까? 나는 그것이 두고두고 의문으로 남았었는데 장을 담그는 햇수가 늘면서 그 까닭을 알게 됐다. 농사에 바쁜 형님은 나만큼 장에 정성을 들이지 못했던 것이다.

망사로 항아리 덮개를 만들어 파는 것을 흔히 볼 수 있다. 간장, 된장, 고추장 항아리에는 그런 덮개 없이 옹기 뚜껑만을 정갈하게 덮는 것이 장맛을 살게 하고 손질하기가 좋다. 맛있는 장에는 벌레가 꼬이지 않는다. 여름에 잇달아 날씨가 궂을 때는 항아리 둘레 소금기가 물기를 머금어 파리가 알을 슬어 놓는 수가 있다. 가끔 아침에 뚜껑을 열고 항아리 둘레 물기를 닦아내고 볕을 쐬면 된다. 파리도 임자가 있다 싶으면 더는 넘보지 않는다. 나무도 주인의 발자국 소리를 듣고 자란다는 말이 있듯이, 메주를 띄울 때도 메주 낯을 감추지 않고 사람과 한 방에서 숨을 같이 쉰 메주가 장맛이 훨씬 좋은 것을 보면, 만물이 다 마음이 있다는 생각이 든다.

어느 해 장맛이 없어 어려운 때가 있었다. 된장은 청국장을 띄워서 같이 삭혔더니, 맛이 살아나 먹을 수가 있었다. 간장은 아까워서 버리지도 못하고 다음해까지 놓아두었다. 설마 하고 그 간장으로 겹장을 담아 보았더니, 놀랍게도 맛이 아주 좋았다. 그러고 보면 장은 송곳 끝처럼 뾰족한 구석도 있고, 우리 치마폭처럼 넓게 감싸 주는 맛도 있다. 장을 담근 일이나, 메주 띄운 것이 잘 되지 않았을 때 안타까워 할 일이 아니라 다음 일에 정성을 다하면 보답을 받는다.

이렇게 삼장이 갖추어지면 마음이 느긋하다. 먹을 때마다 샛노란 된장을 떠낼 때 즐겁다. 남편이 '맛있다'고 한마디 할 때면 더욱 그렇다.

가게마다 가득한 장 그릇을 보면 하루살림 하는 마음들이 보여 안쓰러운 생각이 든다. 그리고 저 한 번 쓰는 그릇들은 또 어쩔 거나?

지구는 자꾸자꾸 숨쉬기가 어려워지리라.

콩하고 깊은 인연

셋째아이를 기르면서 콩하고 깊이 인연을 맺었다. 젖떼기음식을 먹으면서 아이는, 싫고 좋은 것이 또렷하더니, 차츰 더 깊어져 갔다. 물고기는 아예 입에 대지 않았고, 고기로는 불고기나 먹고, 국물이 있게 익히면 먹지 않았다. 월급생활에 불고기를 날마다 먹일 수는 없는데……

'아이 뇌는 세 살 안에 다 만들어지니, 그동안에는 질이 좋은 단백질을 넉넉하게 먹어야 튼튼하고, 머리가 좋은 아이로 자란다.'는 글은 나를 밤잠을 못 이루게 했다.

생각다 못해 콩에 눈을 돌렸다. 속 파란 굵은 콩을 밥에 놓아주고, 콩자반을 만들었다. 형들은 싫다고 하는 콩을 다행스럽게도 셋째는 잘 먹었다. 나는 거기에서 힘을 얻어 메주콩도 많이 사들여 날콩가루도 만들고, 살짝 삶아 말려서도 가루를 만들었다. 바쁠 때는 익은 콩가루를 물에 개여서 주고, 짬이 있을 때는 날콩가루를 물에 개여 살짝 끓여 주었다. 날가루로 끓이는 편이 빛깔도 곱고, 맛도 훨씬 좋았다. 그런데도 아이는 두 가지 다 잘 먹었다.

40년 앞서도 빵 속 방부제 실랑이가 있었다. 그래서 아이들 군것질을 집에서 만들어 먹이고 있는 터여서 칼국수를 비롯해서, 식빵, 과자, 생과자까지 내가 만드는 모든 밀가루 음식에는 콩가루를 섞어서 만들었다.

마침 동네 어귀에는 집에서 기른 콩나물 한 동이 놓고 "은침 같은 콩나물 사세요." 하는 동네 할머니가 언제나 계셨다. 참말 은침 같이 생긴 짧은 콩나물국, 톱톱한 청국장에 두부, 구수한 된장이 매장 치듯 도는 우리 집 밥상이었다.

아이는 살집이 좋은 편은 아니었으나 튼튼하게 자랐다. 어느 날 학교에서 돌아오며,

"엄마 엄마, 신문에 나안, 감기 이야기가 참말이야. 우리 반 애들도 감기로 결석한 애들이 많아. 신문에 나오는 이야기는 다 참말인 거야?"

하고 호들갑을 떨었다.

세 아이 가운데 가장 키가 큰 셋째아이에게,

"너는 콩 힘으로 자랐다"고 지금도 말한다.

그때 버릇대로 지금도 나는 가을이 오면 콩을 많이 사들인다. 더구나 요즘 들어서는 가을에 콩을 사들이지 않으면 수입 콩과 국내산 콩을 가리기가 어렵다. 모든 곡식도 다 수확 철에 한 해 먹을 것을 사서, 가을볕에 다시 말려 두면 변질이 없어 마음이 느긋하다. 내친김에 소금도 서너 포대 사서 큰 그릇 하나 놓고, 오지벽돌이나 정갈한 돌을 담고 그 위에 소금 포대를 세워 두

고, 먼지가 들어가지 않게 간직한다. 한 포대를 다 먹으면 그 자리에 다시 한 포를 채워 놓는다. 그러면 자연스럽게 해를 두고 간수가 쏙 빠진 소금을 먹게 된다. 소금 포대 밑에는 간수가 고인다. 그걸 맛보면 지리고 쓰다. 장이나 젓갈에서 쓴맛이 도는 것은 소금에서 간수가 빠지지 않은 탓이다. 그렇게 쓴맛인 간수도 따로 모으면 두부 만드는데 쓰인다.

집에 콩이 넉넉하면 부자가 된 기분이다.

콩 2킬로그램 남짓을 물에 불려 텔레비전을 보며 녹즙기로 간다. 넉넉한 솥에 갈아 놓은 콩 부피만큼 물을 붓고, 물이 끓으면 갈아 놓은 콩을 거기에 붓고 주걱으로 꾸준하게 저으며 끓인다. 위로 부풀어 올라 넘치려 하면 불을 끄고 솥뚜껑을 덮는다. 이때에 물을 많이 넣으면 콩물을 짜기는 쉬우나 두부는 고소한 맛이 덜어진다.

그 솥 크기 만한 그릇을 놓고, 그 위에 보자기를 펴 놓는다. 거기에 끓인 콩국을 쏟아 붓고, 보자기 갓을 다 걸어잡으면서, 그릇 위에 쳇다리(걸대)를 올려놓는다. 쳇다리 위로 튼튼한 소쿠리를 올려놓고, 보자기 갓을 걸어잡은 채 소쿠리에 담는다. 보자기를 조이며 주걱으로 꾹꾹 눌러 콩국을 뺀다.

콩국이 다 빠지면 소쿠리와 쳇다리를 걸어낸다. 이때 너무 꾸물대다가 콩국이 식어 뜨겁지 않으면 다시 중탕으로 콩국을 덥히며, 간수를 밥 수저로 두세 수저 넣고 주걱으로 사르르 저으며 주걱 낯을 살핀다. 우유 같던 콩국이 그대로이면 다시 한 수저 더 넣고 살펴봐서 쌀알 만한 응어리들이 생겼으면 불을 끄고, 덮개를 덮어 잠시 놓아둔다.

두부 맛은 간수를 넣는데 달렸다. 간수가 가장 적게 들어가고 두부가 만들어져야 두부 맛이 좋다. 간수가 못 미치면 두부 모양이 잡히지 않는 연두부가 된다. 두부로는 허실이 많고 모양도 없다. 또 너무 많이 들어가면, 두부가 딱딱하고 쓴맛이 돈다. 그렇다고 딱히 어느 만큼을 넣으랄 수가 없다. 묽기가 다 다르기 때문이다.

비지는 그냥 먹거나 띄워 먹기도 하지만, 잘 띄워 거름으로 쓰면 좋다.

보자기를 다시 소쿠리 위에 놓고, 따끈한 두부를 살금살금 떠 담는다. 보자기 밑으로는 맑은 물이 빠진다. 물이 다 빠지기 앞서 보자기에 싸인 채, 알맞는 소쿠리에 담는다. 알맞는 소쿠리가 없으면 그릇에 담아 물이 빠질 수 있도록 그릇을 엎어놓으면 된다. 담는 그릇 모양대로 두부 모양이 잡힌다. 억지로 물을 짜지 않아도 저절로 물이 알맞게 빠진다. 이것이 비지가 조금도 섞이지 않은 참두부이다. 그런 두부로 찌개를 만들면 두부가 쫄깃한 탄력이 있으면서 한층 부드럽다.

두부에서 빠져나온 순물이 다 식기 앞서 그 물로 뒷설거지를 하면 달리 비누 쓸 일 없이 좋다.

따끈한 두부에 잘 익은 김치나, 양념장을 곁들이면 푸짐하고 따뜻한 정취가 난다. 정 깊은 손님이 찾아왔을 때 이런 두부를 내놓으면 추억과 웃음이 깃든다. 먹고 남는 두부는 연한 소금물에 담가 냉장고에 넣어 두면 싱싱하다.

두부를 보면 우리 집을 지어 준 도편수(대목수)가 생각난다. 그분은 술안주로 언제나 날두부만을 고집했다. 내 수고를 덜어 주려고 그런가 싶어 안주를 바꿔 내가 보기도 했지만 그게 아니었다. 형제들은 다 명문대학을 나왔는데 자기는 놀기에 바빴노라고 했던 그분. 그분은 먹기 내기에서 일등하지 못한 때가 꼭 한 번 있었단다. 달걀 백 알를 날로든 익히든 상관없이 빨리 먹는 내기인데, 그분은 날로 먹다가 더는 못 먹겠다 싶을 때까지. 상대방은 날달걀을 까서 그릇에 담고, 주걱으로 휘휘 젓기만 하다가 팔팔 끓는 물에다가 구멍이 숭숭 뚫린 소쿠리에 달걀을 쏟고 달걀이 다 빠져나가니까 얼른 소쿠리에 되담으니 달걀 국수 한두 그릇이라, 쉽게 지고 말았단다.

먹기 내기에서 이기면 반드시 뒤탈이 나서 며칠씩 고생하는데, 두부 먹기 내기를 하고 아침에 일어나니 몸이 가벼워서, '이상하다. 오늘은 일을 나가도 되겠다.' 하고 낯을 씻는데 자기 얼굴이 여자의 살결같이 매끄러워, 부었으려니 하고 거울을 보았더니 붓지도 않고, 야들야들하고 뽀얀 자기 얼굴에 또 한 번 놀랐다는 것이다. 먹기 내기같이 멍청한 내기는 없다는 말과 함께 이어지던 별난 먹기 내기가 있어, 일하는 사람을 늘 즐겁게 해 주었다.

한여름에 먹는 시원한 콩국수 맛도 빼놓을 수 없다. 그리고

생강, 마늘씨로 양념한 노란 콩고물 인절미 맛도 좋거니와, 어
려서 어머니가 콩고물에 버무려 주시던 밥을 떠올리면 고만고
만한 또래들 얼굴도 생각난다.

압력솥과 낯익히기

'곰국을 고작 몇 분만에 끓일 수 있다' 는 말에 망설임 없이 가장 큰 압력솥 하나 샀던 때. 참말 압력솥 추가 십 분에서 십오 분 움직이는 것으로 보통 솥으로 두 시간 동안 끓이는 것과 맞먹는 곰국이 됐다. 나는 좋아서 서울 동생에게 내가 만들어 본 것들을 얘기했다.

동생은 바로 압력솥을 사서 삼계탕을 끓이는데, 점심을 앞당겨 먹겠다는 제부 말을 듣고, 바쁜 마음에 김이 채 빠지지 않은 솥을 힘겹게 여는 순간, 닭이 국물까지 이끌고 위로 올라가 천장을 찍고 동생 팔에 떨어지더란다. 동생 팔 흉터에는 그때 아픔은 날아가고, 웃음을 남겼다.

큰아들이 군에서 첫 휴가 오는 날이다. 지금 버스에서 막 내렸다는 전화다. 택시를 타고 얼른 오라고 일렀다. '압력솥 추가 움직이면 가스 불을 꺼 달라' 고 남편에게 당부하고 아들 택시 마중을 나갔다. 그때는 우리 집에 오려면 큰길에서, 논 한 배미 둑길을 걸어들었다. 동내 어귀에 들어서니 어디서 기차화통에서 김 품는 소리가 난다. 우리 집 대문 앞에 서니 그 소리는 바로 우리 집에서 난다. 불은 끄지 않은 채 추를 눕힌 것이다. 그 앞에서 쩔쩔매는 남편 모습이라니……

한 친구 어머니가 돌아가셔 발인하는 날. 한창 목사님이 마지막 예배를 드리고 있는데, 부엌에서 일을 보는 아낙이 "가스 폭발이야!" 외마디소리를 지르며 밖으로 뛰쳐나갔다. 사람들도 덩달아 밖으로 뛰쳐나갔다. 고요했던 자리는 금세 북새통이 됐는데, 그런 가운데 분위기를 가른 큰사위가, 상주라는 사실도 잊은 채 한바탕 호탕하게 웃고,

"가스 폭발이 아니고, 압력솥 꼭지가 돌아가는 소리입니다. 진정하세요."

하자, 장례식장은 갑자기 웃음바다가 됐다고.

숱한 이야깃거리를 낳으며 압력솥과 낯을 익히고 있을 때, 외국 압력솥이 나돌아 사람들 눈길을 끌고 있었다. 채소를 씻어 물 없는 솥에 넣고 불을 지피면, 솥에 있던 공기가 빠지는 소리가 들리다가 마지막 공기가 빠지는 소리는 "픽!" 하고 크게 들린다. 그 소리를 듣고 바로 채소를 꺼내면 모든 색이 곱게 잘 데쳐졌다.

그때까지 푹 삶는 것만으로 알았던 압력솥이 나물을 살짝 데치는 것에서부터 잡채, 약밥 튀김 같은 모든 음식을 할 수 있는 요술쟁이로 떠올랐다. 놀랍고 퍽 부러웠지만 값이 너무 비싸고, 외국 물건이라 선뜻 손이 가지 않았다.

내가 쓰는 압력솥과 이치는 같은데, 내 솥은 자상하지 않나

보다. 그 자상하지 못한 곳을 사람이 대신하면 되겠거니 하고, 몇 번 낭패를 거듭하다 보니 참말 그렇게 됐다. 채소 부피에 따라 솥 능력을 마음에 두면 "픽!" 소리가 들리지 않아도 '공기가 빠지다가 멈출 때'를 짚어 채소를 마음대로 데칠 수 있었다. 그 것이 어려우면 겅그레 밑에 물 한 컵 붓고, 겅그레 위에 채소를 놓고 추가 막 움직이려 할 때 채소를 꺼내면 더 쉽다.

높은 산에서 물은 쉽게 끓으면서 음식은 잘 익지 않는 것은 기압이 낮기 때문이다. 음식이 익는 것은 물이 끓는 현상에서 가 아니라, 먹을거리에 열이 전달되는 현상에서이다. 압력솥은 물이 끓을 때 생기는 수증기를 뚜껑이 잡아 두면서, 솥 속은 압 력이 높아지고, 물이 끓는 온도도 높아진다. 따라서 음식물에 높은 열이 쉽게 옮겨가는 현상이 음식을 만드는 사람에게 시간 을 벌어 준다.

푹 익히는 음식은 추가 움직이는 시간으로 가늠한다. 불린 메 주콩은 추가 움직이면 바로, 뼈 곰국은 십 분에서 십오 분, 질 긴 고기는 오 분에서 십 분, 어린 닭은 이 분…… 저마다 때를 맞춰 불을 끄면 된다.

밥을 꼭 한두 그릇만 하고 싶으면 솥에 겅그레를 넣고, 물 한 대접을 붓는다. 밥그릇에 따로따로 쌀을 담고 밥물을 맞춰 겅 그레 위에 놓는다. 추가 움직이는 시간을 길게 잡을 수도, 짧게 잡고 불을 작게 줄여 십 분쯤 뜸을 들일 수도 있다.

그렇게 지은 밥을 먹으려면, 어려서 달걀껍질솥 밥이 생각난

다. 달걀 팡팡한 쪽에 큰 구멍을, 꼬리 쪽에는 바늘귀 만한 구
멍을 뚫어 속을 빼먹고, 쌀과 물을 넣고, 넓은 채소잎이나 신문
지에 돌돌 말아 짚불 속에 묻어 놓고 놀다가 꺼내먹는 고소한
맛이라니……

압력솥으로 짓는 밥이 너무 차져 싫은 사람은, 추가 움직이기
바로 앞서 가장 작은 불로 줄여 십오 분쯤 뜸들이면 보통 솥에
서 지은 밥과 같다.

잡곡밥을 지으려면 쉽게 무르지 않는 곡식은 미리 물에 불려
놓든지, 미처 생각을 못했으면 쉬 무르지 않는 잡곡을 먼저 솥
에 넣고, 압력이 생기지 않게 하며 먼저 한 번 끓인 다음, 그 위
에 곡식을 넣고 밥을 지으면 부드러운 밥이 된다.

누룽지가 먹고 싶으면, 밥을 지을 때 추가 움직이면 바로 불
을 끈다. 처음에는 솥에서 김이 빠지는 소리가 들리지 않다가,
얼마(10분쯤) 지나면 김빠지는 소리가 들린다. 그때 다시 불을
지피고 누룽지를 얼마큼 눌릴까 생각하며 추 움직이는 시간을
잡는다. 살짝 눌리고 싶으면 일 분, 두껍게 눌리려면 이삼 분.
밥에서 고소한 누룽지 냄새가 나도록 더 추가 돌게 하기도 한
다. 불을 끄는 바로, 추를 눕혀 밥을 푸면, 가마솥에서처럼 마
음대로 누룽지를 두껍게 얇게 얻을 수 있다. 고소한 누룽지를
먹으려면 가장 작은 불 위에 뚜껑을 덮지 않은 채 솥을 놓고 기
다리면 솥 모양대로 누룽지가 똑 떨어진다.

맛있는 숭늉을 먹으려면 물을 알맞게 붓고, 솥 속에 압력이

생기지 않게 하고 불을 지펴 물이 끓어 올라올 때, 거기서 머뭇
거리지 말고 바로 불을 끄는 것이 숭늉 맛을 좋게 하는 비결이
다. 그리고 바로 숭늉과 누룬밥를 갈라 놓는다. 그래야 누룬밥
도 맛있고, 숭늉도 맑으면서 구수하다. 내가 자랄 때는 지금 누
룽지라 하는 것은 깜밥. 깜밥에 물 붓고 끓이면 누룬밥이라 했
다. 그런데 지금은 깜밥은 누룽지라 하는 것 같고, 누룬밥은 사
전에도 없다.

누룬밥만을 맛있게 먹으려면 물이나, 쌀뜨물을 알맞게 붓고
불을 지피며, 솥에서 누룽지가 한꺼번에 벗겨지지 않게 살살
젓다 보면 누룽지가 물러지면서 으깨어진다. 보글보글 끓을 때
바로 불을 끈다. 옛날에는 가마솥에 노란 박 바가지를 배처럼
띄워 놓고 주걱을 바가지 안에 넣고, 주걱으로 노 젓듯 하며 바
가지 등으로 누룬밥을 으꼈다.

둘만 사는 요즈음엔 하루에 한번 세 끼 밥을 짓는다. 밥은 밥
그릇에 나누어 푸고 개를 덮어놓는다. 누룬밥과 구수한 숭늉을
얻는 재미도 있고.

다음 끼니는 압력솥에 물 한 대접 붓고, 겅그레 놓고 밥 두 그
릇 놓고.

삶은 콩이 있어야 하면 알맞은 그릇에 물 잡아 마른 메주콩을
넣고, 남은 사이사이에는 고구마, 감자, 옥수수, 달걀, 자반 들
들 익히고 싶은 것은 다 넣는다. 감자나 고구마가 크면 밥은 개
를 덮은 채 넣고 추가 움직이는 시간을 길게. 감자나 고구마가

작으면 개를 열고 넣는다. 밥 한 번 데는 것으로 한 끼니 음식 이것저것이 다 그 속에서 나오는 재미가 있다.

어려서 반들반들한(솥 밑 껌정이와 들기름으로 길들인) 가마 솥 뚜껑을 자르르 밀치는 그 짬에 맡았던 자반고등어, 새우젓 달걀찜, 풋고추 강된장, 연한고추, 애호박, 호박잎, 가지 들들 이 익는 냄새로 밥맛이 돋던 그 그리움이 살아난다. 한 가지 아 쉬움은 가마솥처럼 솥뚜껑을 아무 때나 금방금방 여닫을 수가 없어, 빛깔을 곱게 익힐 채소는 따로 익혀야 하는 점이다.

찜은 물론, 수육도 고기는 큼직큼직 칼집 넣어, 양파 마늘 생 강을 켜켜에 두고, 추 움직이는 시간을 삼사 분 두면, 고기가 제물에 익어 맛도 있고 손쉽다. 모든 음식을 만들 때 부피가 많 을 때는 추 움직임을 반, 또는 삼분의 일로 줄인다. 추가 움직 일 때까지와, 김빠짐이 길어서이다. 글로 쓰다 보니 어려운 듯 하나, 몇 번 하다 보면 꼭 시간을 재지 않아도 저절로 물미가 생긴다. 어차피 살림은 정성이다. 물을 쓸 때도 무엇을 먼저 씻 을까 차례를 잡아서 씻고, 불을 쓸 때도 불을 한 번 지펴 차례 를 잡아 잇달아 쓰다가, 시간이 맞지 않을 때만 옆 불구멍을 잠 깐 열고 쓰면 좋을 것을. 조금만 마음 놓으면 헛물이 나가고, 헛불이 새지 않던가?

둘만 사는 요즈음, 크고 작은 두 꾀돌이 압력솥이 손들며 말 벗 하잔다.

김장 나이

처음으로 김장하려던 때. 남편은 내가 미덥지 않았던지,

"내가 간 봐 줄게, 내가 집에 있을 때 김치를 담아."

하고 말했다.

"김치를 입에 넣으면 양념 맛이 입안에 확 감돌아야 하는데, 양념이 모자라. 더 넣어."

다시 맛을 보며,

"아직도 모자라. 더 넣어."

더 넣으라는 말을 할 때마다 나는 파 마늘 생강을 썰어 넣느라고 진땀을 흘렸다. 어렵게 김장은 끝났는데, 어깨 밑에서 팔 모두가 겉으로 눌러도 아프고, 속도 아파 밤새도록 한잠도 못 잤다. 지금까지 그 끔찍하게 아팠던 기억이 남았다.

김치는 쪽파도 아닌 대파를 너무 많이 넣어서인지 익어갈수록 국물이 느릿하게 따라 올라와서, 나는 김치를 한 입도 못 먹었다. 그나마 남편 손이 가니 다행이었다. 그땐 새우젓을 팔러 다니는 할머니가 가져가는 것이 고맙기만 했다.

사촌언니가 김치를 먹으며 무슨 젓을 썼느냐고 물었다. 굵고

좋은 황송어로 담았는데 황송어가 삭지 않고, 빳빳한 대로 오롯이 있더라고 했다.

"김치는 네 자랑 내 자랑 해도 젓 자랑이 으뜸이야."

다음해는 젓을 담지 말고 가을에 들통을 가지고 언니 집으로 오라고 말했다. 그해 곰삭은 멸치젓국으로 담근 김치는 맛이 좋아, 안집 할아버지는 입맛이 없을 때면 '우리 집 김치 생각이 난다'고 하셨다. 그 뒤로 나는 "김치는 젓 자랑이 으뜸"이라는 생각으로 젓을 담는 일에 정성을 들였다.

젓거리는 철이 되면 장사들이 집집으로 찾아왔다. 멸치젓거리를 기다리다가 철을 훌쩍 넘길까 봐, 때가 늦어 가면 닥치는 대로 담았다. 여러 가지 생선이 섞인 잡젓, 황석어젓, 고개미젓, 고노리젓, 가재미젓, 밴댕이젓, 조기젓. 한 해는 황송어와 멸치가 섞였다고 해서 샀는데 황석어는 위쪽에만 조금 있고, 속은 다 정어리뿐이었다.

"어쩐지 값이 싸드라니."

군소리하며 어쩔 수 없이 젓을 담았는데 뜻밖에 멸치젓에 견줄 만큼 맛은 좋고, 국물도 맑았다. 예전에 젓거리가 흔할 때는 정어리는 거름으로나 썼다는데, 알고 보니 등푸른 생선 가운데 오직 정어리만 식물성 플랑크톤을 먹고 사는 고기라, 우리 몸에서 고지혈증을 줄여 주는 좋은 생선이라고 한다.

멸치젓은 맛은 좋은데 살이 쉽게 물러서, 색이 검고 흐려 젓을 맑게 거르기가 손이 간다. 고개미젓은 지금은 볼 수 없는 젓인데, 아주 작은 검붉은 새우로, 그 새우만 지니는 냄새가 흠이었지만 맛이 좋아 상추쌈에 곁들였다. 고노리젓도 지금은 눈에 띄지 않으나, 멸치젓과 비슷한데, 기름기가 아주 많고, 남다른 냄새가 조금 나는데 멸치젓처럼 부서지지 않고 모양도 오롯이 있고, 맛좋아 밥상에 자주 올랐다. 어느 젓이나 한 가지 젓을 담아 한두 해 동안 쓴다. 새우젓은 그때그때 육젓을 사서 썼는데, 지금은 온전한 새우젓 만나기가 어려워 새우젓도 담아 쓴다.

배추를 고를 때는 너무 웃자라지 않고, 잎이 너무 두껍지 않은 품종을 고른다. 해가 가면서 김치 맛을 가름하는 것이 젓갈뿐이 아니라, '김치감을 절이는 소금의 묽기와 시간'이다는 생각이 들었다. 그리하여 내 나름대로, 가장 적은 소금으로, 가장 짧은 시간에 절이는 것을 늘 생각했다.

배추 절일 물은 배추를 다 적실만큼만.

소금은 그 물에서 소금이 더는 녹지 않는 만큼(곧 포화용액).

배추 겉잎을 떼고, 배추 밑동에서 칼집을 '+'자로 넣고

소금물에서 반절을 갈라, 갈라진 쪽을 위로, 차곡차곡 그릇에 쟁인다. 그래야 배추 부스러기가 적게 난다.

한두 시간 뒤에 배추를 꺼내면서, 좋은 배추부터 칼집자리를 마저 갈라 두 손에 한 포기씩(4분의 1쪽) 잡고, 포기 한가운데를 벌려 서로 끼워넣는다. 그러면 한쪽 배추 겉잎이 한쪽 배추 속잎 한가운데에 끼인다. 그렇게 한 배추를 빈 구석이 없게 차

곡차곡 쟁이고, 무거운 물건으로 지그시 눌러 놓는다.

세 시간쯤 지나면 간수가 배추 위에 솟는다. 배추를 살펴봐서, 배추 속잎이 빳빳하면 조금 더 두고, '속잎이 간이 폭 죽지는 않고, 절반쯤 구부려지는 상태'가 됐으면 배추를 꺼내어 채반이나 암반 위쪽부터 배추잎이 위로, 뿌리 쪽이 밑을 보게 주욱 엎어 놓고, 그 다음 줄부터는 먼저 놓은 뿌리 쪽 위에 잎이 걸쳐지게 하며 첫 줄처럼 엎어 놓는다. 그렇게 배추가 다 놓였으면, 채반이나 암반을 물빠짐이 좋게 기울여 놓는다. 배추가 밑으로 쏠릴지 모르니 바닥을 깨끗이 함은 말할 것도 없고, 깨끗한 그릇으로 잇대 놓으면 안심이 된다.

흔히들 쉬운 대로 배추잎이 밑으로 가고 뿌리 쪽이 위로 가게 쌓는데 나는 거꾸로 한다. 쌓는 자리를 넓게 차지하고, 쌓는데 공이 조금 들지만, 그래야 물빠짐이 빠르고, 배추잎에서 뿌리 쪽으로 간국이 흐르면서 조금 덜 절여진 배추도 알맞게 절여진다. 배추를 절여 씻기 앞서 간국을 쏙 빼내어야 김치 맛이 좋다. 깻잎 물을 뺄 때도 잎자루가 밑으로 가게 한다. 낮 두 시쯤에 간 절였다가 손질 한 번 하고, 자기 앞서 건져 밤새도록 간국이 빠지도록 놓고 자는 것이 좋다. 거기서 나온 간국으로는 무김치감이나, 우거지감을 절인다.

씻은 뒤에도 물빼기는 똑같이 한다. '배추속강이 소금기가 다 빠졌으니 다시 살아나 볼거나?' 하는 생각이 드는 듯하게 절여지는 것이 가장 알맞는 절임이다. 이번 물빼기는 그리 길지 않아도 된다.

이렇게 버릇이 든 다음에 텔레비전에서 나오는 이야기를 들으니, 배추 열 포기를 절인다면, 배추 포기만한 바가지로 물은 열, 소금은 하나 비율, 고춧가루는 열 국자를 쓰면 알맞다고 했다. 그 말을 들은 사람들이 그대로 했더니 좋더라고 하던데, 나는 그렇게 해 보지는 않았다.

김치 속에는 생새우, 낙지, 굴, 흰살 생선, 수육도 넣어 봤는데 어느 것이나 건지가 김치 속에 끼이는 것이 싫어 다 스쳐 보내고, 언제부터인가 바다에서 나는 걸로는 젓국, 새우젓, 청각만 쓴다. 실과 종류도 다 스쳐 보내고, 잣이나 있으면 쓴다. 어린애들이 싫어하기 때문에 쪽파는 썰지 않고 통째로 김치 포기에 찔러 넣었다. 찹쌀죽도 빼 버렸다.

마늘은 넉넉히, 생강은 조금 넣는 가운데 보기 좋은 것은 곱게 채 썰어 통깨와 갓과 함께 속박이로 쓰고, 나머지는 따로따로 갈아 한꺼번에 넣는다. 무도 채 썰지 않고 통무를 두껍게 조각내어 놓는다.

젓국은 꼭 짜 놓고, 젓건지를 삼삼하게 달여서, 뜨거울 때 면보자기에 걸러, 식으면 위에 뜬 기름기는 걷어내고, 거기에 고춧가루를 되직하게 불려 놓는다. 생젓국도 면보자기에 걸러 새우젓 조금 넣고, 마늘 생강 간 것 넣고 불려 놓은 고춧가루를 풀어 배추에 고루 바른 다음, 미리 만들어 놓은 속과 무 한 쪽을 넣고, 간절인 무청을 골라 매끼 삼아 훽 감아 놓으면 김치

담기 끝이다. 몸에 좋은 무청을 먹는 방법이다.

젊어서는 동네 사람들이 뭉쳐 다니면서 김장을 했다. 동네 사람들은 우리 집 김치 담기는 일도 아니란다. 김치에 넣는 것이 없다고 하는 말이다.

그때에는 봄이 돌아오면 묵은김치를 사러 다니는 사람들이 있었다. 민물고기를 좋아하는 우리는 한 번도 김치를 판 일이 없다. 그런데 한번은 동네 사람들이 김치장수를 데리고 와서, "이 집 김치 맛만 한번 뵈자."고 했다. 영문도 모른 채 김치 맛을 뵈었다. 김치 맛을 본 김치장수는 김치를 팔라고 졸라댔다. 김치장사를 보내고 나서, 웃음보가 터졌다. 자기들은 미원 설탕, 생선 이것저것을 시샘해 가며 다 넣은 김친데, 이 집 저 집 것을 다 맛보고, 사 가지 않겠다고 해서 화가 나서 이 집 김치 맛을 뵈러 왔단다. 그 사람은 김치도 못 사가고 웃음거리만 됐다.

나는 무슨 먹을거리든 주된 재료 맛을 살리는 것을 으뜸으로 삼는다. 모든 떡을 소금간만 하듯, 김치도 무배추가 지닌 단맛을 살리려 많은 양념을 넣지 않는다.

올해는 통깨 넣는 것도 그나마 잊어버렸다.

엿기름을 기르고 조청을 만드는 까닭

싸늘바람이 불면 가을걷이 틈새에 밀보리를 심는 철이다. 이
절기에 튼실한 밀보리 씨앗이 나돈다. 이 철에 엿기름 기를 씨
앗을 얻는 것이 좋다. 밀로 엿기름을 기르기도 하는데 밀은 붉
은 빛이 돌고, 쌀보리는 단맛이 적고 가루가 많다 하여 옛날부
터 겉보리를 써 왔다. 한 해 동안 얼마만큼 엿기름이 들어갈지
를 미리 가늠해서 겉보리 씨앗을 사들여 정갈하게 씻어 한나절
(서너 시간) 동안 물에 담가 불린다. 어쩌다 불리는 시간이 길
어져 물에 잔거품이 일면, 그 씨앗을 '목이 넘었다' 하고, 그 씨
앗은 싹이 잘 나지 않는다. 살아 있는 씨앗이 물에 숨통이 막혔
기 때문이리라. 그러니 씨앗을 물에 담가 놓고, 씨앗이 채 불어
나지 않았을 때 어데 갈 일이 생기면 그냥 건져 놓고 갈 일이
다. 콩나물을 기를 때도 같은 이치다.

불린 씨앗을 넉넉한 소쿠리에 건져 놓고 두툼한 보자기로 덮
어 놓는다. 씨앗 겉이 물기가 가시면 물을 뿌려 주기를 몇 번
하면, 씨눈이 툭 불거지며 실뿌리가 내린다. '씨앗 몸집이 불어
나 숨쉬기가 어렵겠다'는 생각이 들면 씨앗이 풍덩 잠길 만한

그릇에 물을 붓고 씨앗을 살며시 쏟는다.

'어머, 이 애들이 다 살았네!'

살살 어루만져 덩어리진 것이 없도록 풀어 주고, 다시 소쿠리에 담는다.

'많이 불어났구나.'

흐뭇한 마음으로 다시 보자기로 덮는다.

"애, 너 실뿌리 몇 개 피웠니?"

"에계계, 아직도 하나야? 나는 세 개다."

씨앗들이 시샘하느라 몸에서 열기가 난다.

'다시 목욕하자.'

"어이 시원타."

다시 씨앗들은 조잘조잘. 열기가 나는 쪽쪽 목욕을 시킨다. 그러기를 몇 번.

'애들이 이젠 말싸움을 벗어나 몸싸움이 벌어졌구나. 씨눈은 서 푼이나 자랐구. 다시 목욕하자.'

"네 발 먼저 빼야, 내 발이 빠지지."

물속에서도 싸운다.

'그만 싸워라. 마지막 목욕이다.'

살살 풀어가며 소쿠리에 담다 보면 싹이 나지 않은 씨앗이 밑에 처진다. 처진 것은 버리고 소쿠리에 담긴 것은 깔개를 깔고 고루 펴 말린다. 비가 내리지 않으면 밤 기온이 낮아 얼음이 어는 때라도 밤낮으로 말린다. 말리는 동안에도 씨눈은 자라는데

엿 푼(2센티미터)쯤 자란 것이 좋다.

바짝 말리면 뿌리가 바슬바슬 떨어진다. 보자기에 싸서 으깨어 키나 선풍기로 떨어진 뿌리를 날려 버리면, 마른 새싹만 달린 깨끗한 엿기름이 된다.

방앗간에서 기계에 한 번만 내려 온다. 바로 쓸 것이면 덜 말라도 좋은데, 오래 두고 먹으려면 다시 바람이 잘 드는 곳이나, 온돌방에서 바짝 말려 간수한다. 엿기름을 기르는 동안 내 아이들이 "이게 무어야? 왜? 어떻게?" 들들 많이 물었듯, 손자들 물음도 만만하지 않다. 산 공부다.

엿기름을 사서 써 보기도 했는데, 정갈한 것을 찾기 어려워 다시 내가 길러 쓴다. 엿기름은 쌀 1킬로그램에 엿기름 200그램비율로 한다. 사 온 엿기름이면 10~50그램쯤 더 넣는다. 쌀은 밥으로 짓거나, 고두밥으로 찐다. 뜨거울 때 바로 찬물을 부어 가며 뒤적이다가 뜨겁지 않고 따끈할 때 엿기름을 막바로 고루 섞고, 물은 찰박하게만 넣어야 한다.

뜨거운 아랫목에 여섯 시간에서 여덟 시간쯤 묻어 둔다. 다 삭으면 밥알이 동동 뜬다. (때에 따라, 물이 적어 밥알이 물 위에 뜰 수 없는 때가 있을지 모르니, 시간이 거의 되면 가끔 열어 보고 물이 적어 쌀이 물 위에 뜨지 못할 것 같으면 쌀알을 손가락으로 비벼 보면 된다. 쌀이 미끄럽지 않으면서 꺼풀만 남았으면 다 삭았다.)서둘러 보자기에 싸서 국물을 짜, 넉넉한 솥에 뚜껑을 덮지 않은 채, 아주 센 불에 놓은 뒤 끓게 되면, 불을 줄여 스스로 졸여지게 놓아둔다. 불 세기와 국물 부피에 따라 시간은 다 다르다. 밤이 되면 불을 끄고, 다음날 다시 켜도 되고, 부피가 많으면 밤새도록 작은 불 위에 놓고 자도 된다. 끓이지 않고 놔두면 신맛이 도는 수가 있으니 끓여 놓고 자면 더 좋다.

많이 졸여졌다 싶으면 가끔 굽어보아, 잔거품이 나면서 위로 부풀어 오르는 그때부터 지켜 서서 주걱으로 젓는다. 주걱을 들어 봐서 끈기가 있으면서 주르르 이어져 흘러내리면 조청으로 알맞은 묽기이고, 주걱 낯 넓이대로 넓게 흘러내리면서 유리알처럼 반들거리면 갱엿이 된다. 그 갱엿으로 늘였다 조였다 하는 동안 하얀빛으로 바뀌면서 부드러운 엿이 된다. 조청이 너무 묽으면 평상 온도에서 신맛이 나고, 너무 되면 쓰기에 안 좋다.

한 김 나간 뒤에 작은 유리병에 나누어 담아 놓으면 한 해 동안 즐거이 먹을 수 있다. 뚜껑을 열고 먹은 병은 냉장고에 들여 놓고 먹어야 한다. 그렇지 않으면 위쪽에 곰팡이가 핀다. 그런 때는 곰팡이만 도려내고 먹어도 되고. 이것이 자연의 순리에 맞는 음식.

이런 음식을 내 아이들에게 먹게 하고 싶다. 그런데 지난해부터 남편이 조청을 못 만들게 한다. "사서 먹는 것보다 돈도 더 들고, 욕보고" 하지만 내 건강이 예전 같지 않음을 걱정해서란 것을 안다. 슬며시 '그럴까' 하는 생각이 들기도 하지만, 떡방앗간에 가 보면 설탕가루나 당원 봉지를 툭툭 터서 쌀가루에 섞는 것을 보면서, '우리 입맛을 버려 놓는 곳이 바로 이곳이구나' 생각했다. 우리 집 떡을 할 때는 고명이나 떡가루에 그런 잡스런 것을 못 넣게 지킨다. '요즘 사람은 다 단 것을 좋아한다' 고 떡을 하러 온 사람이나, 방앗간 주인이 말리지만 나는 그 고집을 꺾지 않는다. 떡감이 단 것은 달아야 하고, 그렇지 않은 모든 떡은 다 '소금간만 한 것이 제 맛' 이다. 맛이 칼칼한 제 맛인 떡에 단맛을 바라는 사람에게는 조청을 내놓는다. 내가 자랄 때는 떡 접시 옆에 으레 조청 그릇이 따라다녔다. 그 좋은 풍습이 사라지고 '조청' 이란 이름도 잃고 '물엿' 이란 새 이름이 생겼다. 그걸 생각하면 조청 만들기를 그만둘 수 없다. 그리고 그 조청으로 명절에 찾아오는 손자들에게 몸에 좋은 깨강정을 만들어 주고, '할머니가 만든 식혜가 최고다' 는 재미도 누려야 한다.

식혜를 만들 때는 엿기름을 걸러서 가라앉힌 다음 맑은 물만 따라 쓴다. 밥을 많이 넣고 물은 찰박하게만 넣어 삭혀야, 달고 빛깔도 뽀얗다. 덜 달면 소금을 아주 조금 넣어 보면 맛이 산다. 식혜가 검은빛이 나는 것은 밥이 적게 들어간 것이고, 따라서 달지 않아 설탕을 많이 넣은 억지 맛이다. 그런 식혜는 식혜랄 수가 없다.

음식 가운데 단것으로 간을 맞춰야 하는 음식이 있다. 단맛이 아주 높아야 제 맛인 음식이나, 반들거리면 안 되거나, 깨끗한 빛깔을 살려야 하는 음식에만 설탕가루를 조금 곁들이고, 그밖에는 조청으로만 맛을 낸다. 당원이나 미원이 밴댕이 속같이 얕은 맛이라면, 조청 단맛은 은은하고 진득하다. 떡뿐 아니라 물김치나 김치도 김칫거리의 단맛만이면 좋을 것을, 괜히 설탕가루를 집어넣는 버릇이 생겼다. 나물, 찌개, 게다가 젓갈까지, 달지 않은 먹을거리가 드물다. 이곳저곳에서 우리 몸에 들어온 당분이 더해지면 하루에 쓰일 부피를 넘어서, 그것이 소갈병 (당뇨병)을 부르는 빌미 가운데 한 가지가 된다고 한다. 우리나라도 소갈병에 걸린 사람이 많은 나라가 돼 가는 것을 보면, 음식 만드는 사람 책임이 크다.

남편의 성화와 내 하고자 하는 마음 사이에 산뜻한 구실은 없을까 하고, 여느 때에 딸같이 가깝게 여기는 식품영양학과 황 교수에게 그 말을 했더니,

"어머니, 수고스럽지만 그 일은 계속 하셔야겠네요. 하십시요."

한다. 설탕가루는 식물에 들어 있는 본디 당(자연 당)을 100% 추려낸 것이다. 꿀도 본디 당이고 당도가 설탕보다 높단다. 그런데 '당이 없던 물질에서 생긴 당'은 오직 엿기름으로 얻은 조청과 엿이라고 한다. 엿기름으로 얻은 당은 당도는 낮으면서 만드는 재료의 씨눈이나 겉껍질에서 무기질, 섬유소 들들, 아주 작지만 중요한 영양성분이 들어 있어, 그 당이 우리 몸에는 가장 안전한 당이란다. 그 말에 깃발 단 듯, 남편에게

할 말이 생겼다. 올해는 일찌감치 보리타작 마당을 찾아 튼실한 겉보리를 사 왔다.

지금은 과학 시대다. 우리 고추장, 된장, 간장, 청국장, 김치, 두부가 세계 여러 나라 사람들한테 눈길을 받는 것도, 과학이 음식 성분을 밝혀 주는 덕이다. 엿기름으로 만드는 모든 우리 음식이 우리 몸에도 좋거니와 세계사람 눈길을 받을 날이 언젠가는 오리라고 믿는다.

나는 내 아이들에게 내가 만든 간장, 된장 고추장, 청국장, 조청을 언제나 먹게 하고, 아들딸이 모이는 날은 두부를 만들어 먹는다. 내가 어려서 익힌 입맛을 어데서도 찾을 수 없어 헤매고 헤매다가, 드디어 그 맛을 찾아 내 할 일을 찾아냈듯이, 우리 젊은이들이 지금은 바쁘고 힘든 것을 싫어하는 철부지이지만, 언젠가는 옛 맛을 찾을 날 있으리라 믿고, 나는 내 손맛에 정성을 들인다.

애들아, 어미가 먼 길 떠나거든

애들아, 어미가 먼 길 떠나거든

애들아, 어미는 산에 번듯한 무덤을 만들어 달라 하기가 무척 조심스럽구나. 마치 산의 주인인 양, 덩실하게 하지 말고, 나무가 다치지 않게 무덤자리를 좁게 잡아라. 늘 산을 좋아하고 따랐던 대로 산에 기웃이 마실 나온 것처럼 조촐하게 묻어 다오.

애들아, 내 무덤엔 빗돌을 세우지 마라. 아름다운 산에 무덤 만들기도 미안한데, 돌에 새겨 길이 남길 일거리도 없거니와, 먼데서 볼 때 희끗희끗 가뭇가뭇 산과 어울리지 못하고, 가까이 밤길 걷는 길손 놀랄라.

내 무덤엔 밥상돌도 놓지 마라. 한 해에 한두 번 성찬으로 생기가 나겠느냐. 조화옹의 부르심이라야 생기가 나지.

내 무덤엔 석등도 달지 마라. 낮에는 한결같은 둥근 해등, 밤에는 나날이 새 단장하는 달등에, 초롱초롱 별등까지 내려와 초를 달고.

애들아, 내 무덤엔 장군돌도 세우지 마라, 빈손으로 왔다가 빈손으로 떠나니, 따로 애착을 두고 지킬 게 무엇 있겠느냐.

병풍돌도 두르지 마라. 이 세상 살아가는 동안 세운 울타리도 거두고 가는 마당에, 다시 울타리를 둘러 무엇 하겠느냐. 끝도 갓도 없는 산과 들이 내 품인 것을. 아니다, 끝도 갓도 없는 넓은 품에 깊숙이 안겨, 새털구름 영역 없이 덮으련다.

애들아, 그래도 너무 초라하다 싶거든 내 무덤 앞에 작은 꽃나무 한 그루를 정갈하게 가꿔, 꽃이 피면 지나가는 사람들이 "부모를 그리는 애틋한 정이 있구나. 아들일까, 딸일까. 어린 아들딸을 두고 갔나. 천수를 누리고 갔나." 가만히 궁금하게 하라.

애들아 내 무덤은 손자 대에까지 넘기지 말고, 너희가 흙에 살가운 나이가 되거든 뼈를 거두어 불에 살라 훨훨 날아가게 놓아 주어라. 흙에서 태어난 우리 사람이 이 땅을 얼마큼 더 할퀴어야 성이 찰 것이냐. 자연 앞에 사람의 솜씨는 아무리 훌륭하다고 해도 마지막은 하찮은 것일 뿐, 부디 자연 앞에 부끄러워 또 한 번 눈 가리지 않게 해 다오.

지는 꽃도 아름답다

문영이 지음

초판 1쇄 펴냄 2007년 6월 5일
펴낸이 김영조
펴낸곳 달팽이출판
등록 2002년 2월 28일 제 22-2112호
주소 137-070 서울시 서초구 서초동 1435-17 대홍빌딩 6층
전화 02-523-9755   팩스 02-523-9754
ecohills@dreamwiz.com

ISBN 978-89-9706-17-1 (03810)
ⓒ문영이, 2007
책값은 뒤표지에 있습니다.